次の突き当たりをまっすぐ

いしわたり淳治

筑摩書房

次の突き当たりをまっすぐ　目次

装丁　川名潤
装画　早川世詩男

次の突き当たりをまっすぐ

時代のせい

「申し訳ありませんでしたの一言くらいないのか！」

「どうしてですか」

とあるオフィスの一室。社運をかけて取り付けた大口の契約が、ひとりの新入社員の凡ミスによって水の泡になってしまった。部長がその新入社員を呼び出し、皆の前で叱責している。

「どうしてですかって、お前の責任だからだろう！」

「いいえ。僕のせいではありません」

「お前じゃなかったら、誰のせいだと言うんだ！」

「時代のせいです」

部長はうなだれてため息をついた。また始まった。この男はどんな失敗をしてもまったく反省せず、いつも同じ言い訳ばかりするのだ。

「お前、自分の言っていることが分かってるのか？」

「はい。僕のことは僕が一番よく分かっています」

「お前は悪くないというのか？」

「はい。時代のせいで僕はこうなった訳ですから、僕は何も悪くありません」

「ふざけるな！　お前のせいだよ！　お前が馬鹿だから、うちの部署の今期の売り上げが、見ろ！　ゼロになったんだよ！」

部長が書類を思い切り机に叩きつけた。

「僕は馬鹿ではありませんが、もし仮に、部長に馬鹿だと思われるような行動をしていたとしても、時代がそうさせたんですから、やはり悪いのは僕ではなく、時代です」

「いつもいつも時代、時代、時代、時代。何なんだ！　お前は！」

「何なんだと言われましても、これが僕らしさですから」

「黙れ！　馬鹿にしているのか！」

「馬鹿にしているわけではありません。思ったことを正直に申し上げているだけです」

「いいか、これは時代の問題じゃない！　お前の問題だ！　死んだ魚みたいな目をしやがって！」

「この目がお気に召しませんか」

「ああ、お気に召さないよ！」

「でも、この目も時代のせいです。僕にはどうしようもありません。何度も申し上げた通り、時代がこうさせたんですから」

新入社員の男は二十歳そこそこ。団塊ジュニア世代である部長とは普段からまったくそりが合わなかった。部長の短気は前々から社内でも有名だったが、この男が入社して以来、彼がキレる速度は日増しに加速しているように見えた。

「お前なんか採用するんじゃなかったよ。面接の時はもう少し見込みのある男だと思ったんだがな！」

「僕も面接の時は、もっと楽しい職場かと思っていました」

「何だと？　お前が俺を怒らせてばかりいるからだろう！　お前が来る前はもっとずっと楽しい職場だったよ！」

すっかり毎朝の恒例行事と化した平行線の言い争いを、社員たちはにやにやしながら横目で眺めていた。

「俺は、お前みたいな馬鹿のために、こんな本まで買ったんだぞ！」

部長が鞄から一冊の本を取り出して机に叩きつけた。『ゆとり世代社員の正しい育て方』と題された新書サイズのビジネス書だった。相当読み込んだのだろう。ボロボロになった本のあちらこちらから、いくつもカラフルな付箋が飛び出ていた。

「部長。そんな恩着せがましいことを言われても、困ります」

「恩着せがましいだと……？」

「はい。そもそも僕たちの世代は、ゆとり世代と呼ばれて周りの連中と一緒くたにくくられることが嫌いなんです。別に僕たちが好き好んでゆとり世代になった訳じゃありません し、僕ら一人一人にもちゃんと個性はあります。それを見つけて、向き合おうともしないで、最初からひとまとめにして雑に扱われるのが、一番嫌なんです。部長、そんなことも知らないんですか？」

「知らないんですかって、お前、何を偉そうに……」

言い返す気力も失せて、もはやため息すらも出て来ない。

「あの、部長。逆に質問なのですが、その本にはどんなことが書いてありました？」

「何だと……？」

「いえ、折角なので、その本の答え合わせをして差し上げようと思いまして。部長が我々世代のことを知りたがっておられるようですから」

しばらく二人が見つめ合ったまま空気が凍りついた。

沈黙の後、部長は乱暴な手つきで本をめくると、付箋を貼っていたページを大声で読み上げた。

「人と比べられることを嫌う。今までの人生で怒られた経験が少ないから、怒られるとすぐに会社をやめることを考える」

「はあ、なるほど。でも、そんなことはありません。僕は口うるさい両親に結構怒られて育てられましたし、ほら、現に部長にこんなに怒鳴られても、毎日休まずに出社しています」

　再び二人が見つめ合ったまま時間が止まった。長い沈黙の後、部長が別のページを読み上げた。

「根拠のない自信はあるが、実戦に弱い。自信満々で仕事に取り掛かるが、頭で考えていたことと違うことが重なると、どうしていいかわからなくなって、投げ出す」

「んー、どうでしょう。そんなことはないと思います。目標に向かって、僕はいつも前向きに、全力で仕事に取り組んでいます」

　部長が心底呆れた様子で首を横に振る。別のページをまた読み上げた。

「自分の予定を優先し、上司との飲み会を断る。仕事においてコミュニケーションが大切だとは思っていない」

「ああ、出ました。飲み会断る問題。でも、それにはちゃんと理由があります。部長と飲みに行って仕事の話をしないのであれば、それは人間的なコミュニケーションで、とても大事だとは思います。ですが部長はどうせ仕事の話しかなさらないので、それではっきり言って残業と同じです。残業代の出ない残業を強要するのであれば、もはやブラック企業と変わりがありません」

　その口答えを聞いていたのか、いないのか、間髪をいれずに部長がまた別のページを読み上げた。

「言われたことしかできない。指示待ちのマニュアル人間。少し考えればわかることであっても、先を読んで柔軟に対応することができない」

「とんでもない。僕はよく考えて、先を読んで、柔軟かつ、正確に仕事をこなしています。部長には分からないでしょうが、ここの部署の皆さんには、僕の優秀な仕事ぶりは伝わっていると思います。ねえ？　皆さん」

そう言って新入社員が振り返ると、仕事の手を止めて眺めていた社員たちが一斉に目を逸らした。

「もういい。お前のためを思って言うが、お前は自分が見えているのか？　周りからどんな人間に見えているか、分かっているのか？」

「はい。分かっています」

「自分を分かった上で、自分は完璧な人間だ、と？」

「はい。僕はいつも完璧な仕事をしています」

「じゃあ、どうして今回こんなミスが起きたんだ？」

「時代が悪いからです」

「お前ではなく……」

「時代が悪いからです」

「……時代、か」

「はい。時代です」

禅問答のようなやりとりに堪え切れなくなった社員たちが声を出して笑い始め、フロア全体が徐々に騒がしくなっていく。

「どうすれば、お前を一人前の男にしてやれるだろう」

「時代が変われば、たぶん僕も変われると思います」

「時代が変われば、か……」

「はい」

「時代、ねえ……」

「はい。時代です」

「もういい……。席に戻れ」

「はい」

新入社員の男が自分の席に戻ると、皆が急に真面目な顔に戻り、フロアにはいつもの緊張感が帰ってきた。また部長がいつ怒鳴り出すか分からない。社員たちのカタカタとキーボードを叩く音だけが静かに響いた。

しばらくして部長が鞄と上着を掴んで立ち上がると、ホワイトボードの行き先欄に本社と書いてオフィスを出て行った。

それを合図にして、皆が新入社員のところに駆け寄る。

「お前、今日の説教、最高だったよ！」

「そうですか？　ありがとうございます」

「いや、やばい。最高！」

「時代が変われば、僕も変われます！　とかって。よく言うよ」

「ははは。ありがとうございます」

「流石だわー」

「よく考えて、先を読んで、柔軟かつ、正確に仕事をこなす、が僕のモットーですからね」

　新入社員が得意げに胸を張ると、皆が爆笑した。

「ホント。お前は仕事の出来る男だわ。部長のあだ名を〝時代〟にして、皆の前で堂々と悪口を言うっていう、お前のアイデア。最高だわ」

「ストレス解消になるわー」

「あいつの短気のせいで、俺ら生きた心地がしないもんなあ」

「あいつがいちいちキレて怒鳴り散らすから、こっちも萎縮して、またミスが増えるんだよ。あいつが変わらなきゃ、何も変わらねえっつーの」

「マジで、あいつさえいなきゃ、最高に楽しい職場なのになあ」

「はい。全部〝時代〟が悪いんです」

「〝時代〟が、な」

「ええ。〝時代〟が」

「ははは」

先輩社員がホワイトボードを指さした。

「あれ、お前のミスを本社に謝りにいったんだぜ。いひひひ」

「たぶん、そうですね。僕の計算では、あともう一つくらい大きなミスを上手くやれば、部長は異動になるだろうと思います」

「頼むぜ、新入社員」

「はい。任せてください」

「頼もしいなあ」

先輩たちが新入社員の肩をばしばしと叩いた。

「よし、今日、仕事終わったら飲み行こうぜ」

「いいんですか？」

「あ、俺も行く」

「俺もー」

「私もいいですか」

「私もー」

「おう。行こうぜ、行こうぜー。ははは」

世代を超えた笑い声がフロア中に響き渡った。だが、おそらくその飲み会で部長の話はほとんどしないのだ。今はそういう時代なのである。

引っ越し

駅前のコンビニで適当にビールを買って、教えられた住所をスマホの地図アプリに打ち込むと、三分ほど歩いたところで唐突に道案内が終了した。「マジかよ。ここ？　随分いいマンションだな」

友人の引っ越し祝いに来たのだが、着いたのは駅前にあるまだ新しいタワーマンションだった。思えば、前に住んでいたところも結構良い物件だったが、今度のマンションはその比ではない。

大学時代から引きこもりがちで、ゲームばかりしている口数の少ない地味な奴だった。ゲーム関係の会社に就職したのは知っていたが、この十年の間に随分と出世したのだろう。大学卒業後も半年に一回くらいは会っていたのに、あいつが自分の近況を何も喋らないので全然知らなかった。

――ピンポーン。ピンポーン。

エントランスにあるインターホンで四桁の部屋番号を押す。番号は24から始まっていた。それはおそらく二十四階の部屋であることを意味しているのは想像に難くない。

——ジ、ジ、ジジジ。ブツッ。ガシャ。

こちらの顔がモニターで見えたのだろう。スピーカーからノイズだけが聞こえて、エントランスの自動ドアが開いた。

真っ白い大理石の廊下を奥へ進むと若い女性がエレベーターを待っていた。散歩の帰りなのか、キャンバス地の小さなトートバッグと真っ黒いトイプードルを抱えている。

「キャン」

女性の隣に立った瞬間、犬が可愛く吠えた。

——フォーン。

エレベーターに乗り込むと女性は最上階の二十五階のボタンを押した。犬はパーカーとデニムパンツが繋がったようなデザインの可愛らしい洋服を着ている。ふわふわでいかにも毛並が整っていて、リードには高級ブランドのマークがぶら下がっている。おそらく、おれの散髪代や洋服代よりも金がかかっているだろう。

——フォーン。二十四階です。ドアが開きます。

エレベーターを降りると、ふわっと足が沈み込んだ。廊下には高級ホテルのように毛足の長い絨毯が敷かれている。視線を上げて言葉を失った。

「マジかよ……」

エレベーターホールにある巨大な窓からは東京の夜景が一望出来た。遠くでスカイツリーが明滅している。

長い廊下を右往左往してようやく探し当てた部屋のインターホンを鳴らすと、しばらくしてドアが開いた。

──ピンポーン。

「よう」

生きているのか死んでいるのか分からない青白い顔をした、ダイナミックな寝癖頭の男が出て来た。大学生の頃から着ている毛玉だらけのスウェットの上下。良かった。どんなにいいマンションに引っ越しても、こいつは昔から何も変わっていない。

「これ、ビール。引っ越し祝いに」

「おう。入れよ」

「すごいマンションだな」

「そうか？」

「すご過ぎるだろ。成功者の家って感じ」

「何も成功なんかしてないよ」

玄関から廊下を抜けてリビングに入ると、開けっ放しの段ボールと荷物が床に散乱して足の踏み場がない。まだカーテンの付いていない窓からエレベーターホールで見た方角とは反対側の夜景が見えた。

「それにしてもすごい景色だな」

「そうか？　まあ、とりあえず。乾杯」

「ああ、乾杯」

立ったまま鈍い音を立てて缶ビールをぶつけた。

「ちょっと、部屋見てもいいか」

「別にいいけど。汚いぞ」

「何だよ今さら。お前の部屋が綺麗だったことなんて一度もないだろ」

昔からこいつの家は呼吸するのも嫌になるほどのゴミ屋敷だった。今も片付けられない性格は相変わらずのようで、汁が入ったままのカップ麺の容器が何個もテーブルの上に置かれ、くしゃくしゃになった生乾きの洗濯物がソファの上で異臭を放っている。

「片付けの好きな女でも見つけて結婚しろよ」

「無理だ」

「っていうか、お前、彼女いたことあるのか」

自然に口から出たが、言った瞬間、妙な違和感を覚えた。思えばこいつにプライベートの話を聞いたのは初めてかも知れない。

「ない。他人に興味がないんだ」

「友達もおれくらいしかいないもんな」

そう言って自分でも不思議に思った。おれは何でこんな奴と友達を続けているのだろう。でも、こいつのような他人に興味がないタイプの人間と喋るのは不思議な癒しの効果があることは確かだ。こいつは絶対に嘘や建前を言わない。だから、人間関係に疲れると、何となく会いたくなるのだ。

「じゃあ、家政婦でも雇うとか」

「他人に家を荒らされるなんて考えられない」

「荒らしてるのはお前だろ。おれにはゴミ屋敷で暮らす方が考えられないけどな」

「どうせ家なんて帰って寝るだけだろ」

「ふっ。その理論でいくと、帰って寝るだけの家がこんなに豪華である必要もないだろ」

「会社に近いんだよ」

「馬鹿言え。もっと近くて安い部屋はあるだろ」

「不動産屋と会話するのも面倒だったから一件目で決めたんだ。悪くない条件だったしな」

「マジかよ。お前、やっぱり変わってるな」

喋りながらリビングを歩き回って備え付けの棚を開けては閉める。収納力もこの上ない。だが、どこにも物は入っておらず、荷物はすべて床に散乱している。まったくもって勿体ない。

「トイレ借りてもいいか？」

「ああ。廊下に出てすぐ左のドアだ」

ドアを開けると、勝手に電気が点いて、勝手に便座の蓋が上がった。用を足してズボンを上げていると、今度は勝手に水が流れた。ほとんど何も触れずに済んだのに、手を洗って掛けてあったタオルで拭いたのが間違いだった。手から雑巾のような臭いがした。

「すげえな。幽霊が出ても便座の蓋が上がったりしてな」

「幽霊じゃあ上がらない」

「いや。まあ、そうだろうな……。冗談だよ」

こいつはいつも真顔だから、なんだか調子が狂う。

「うわー。風呂もすごいことになってるな。これ、ジェットバス？」

浴室を覗くと、大きなバスタブに泡の吹き出す穴が見えた。

「使ったことないけどな。たまにシャワーを浴びるだけだ」

「もったいねえなあ……」

「そうか」

「おれが住みたいよ。で、そっちの部屋は？」

リビングに戻って、引き戸で仕切られた部屋を指さした。

「寝室だ」

戸を開けると小さなフローリングの部屋が現れた。薄汚い布団が一枚敷かれ、床に直接置かれた大画面テレビに幾つもゲーム機が繋がっている。布団の上には様々なコントローラーが散らばっていた。

「ここは大学生の頃の部屋をそのまま持って来た感じだな」

「そうかもな。布団も同じだしな」

「マジかよ。お前、まさか布団、干したことは……」

「ない」

「おう……そうか。だと思ったよ」

そっとドアを閉めた。想像しただけで身体が痒くなった。

「ここって、間取りは?」

「このリビングと、寝室と、あと玄関の脇にもう一部屋で2LDK」

「へえ。もう一部屋あるんだ?」

「でもそこは入るな」

大丈夫だ。こんな不潔な男が入るなと言う部屋に入る勇気なんて持ち合わせていない。

「なあ。ここ家賃いくらなんだよ」

夜景を見下ろしながら聞いた。

「安いよ」

「まさか。安い訳ないだろ。あ、会社から家賃補助が出てるとか？」

「いや、出てない」

「じゃあ、何でだよ。まさかお前、金銭感覚が麻痺してんじゃゃ……」

「ここ事故物件だからな」

「えっ……？」

思いがけない言葉が返って来て頭が真っ白になった。一瞬の沈黙が流れる。

「……自殺？」

「他殺」

「あ……そう」

おれは何を聞いているんだろう。しかも最悪な方の答えが返って来てしまった。だが、そうなるとなおさら家賃を聞いてみたい気もする。平静を装って質問を続けた。

「……そういう事故物件ってさ、どれくらい安いもんなの？」

「ここはかなりヤバい事件だから安いよ。たぶんニュースでお前も知ってるやつだ。誰も住まないから最高級の設備にリフォームしたんだろうな」

「おい。お前、頭おかしいんじゃないのか。何でそんな物件選ぶんだよ」

「別に。おれ、昔から事故物件にしか住んだことないからな」

「えっ？　前の部屋も……？」

「もちろん。その前も、その前の前も。大学生の頃に住んでいた部屋も」

相変わらずの真顔で淡々と答える。こんなことならもっと早くこいつのプライベートをちゃんと聞いておくべきだった。いくらこいつが他人に興味なくても、おれはこいつには興味を持っておくべきだった。

「不動産屋に行ったら、最初に事故物件がないか聞くんだよ」

「……何で？」

「何でって、じゃあ逆に、何でお前は事故物件に住まない？」

「そんなの単純に……怖いじゃん」

「何が怖い？」

「霊が出たら、怖いじゃん」

「それは違う」

「違う？　何が？」

「じゃあ聞くけどな、仮にこの部屋に霊が出るとするだろ。なら、その霊は何のために出るんだ？」

「何のためにって、住んでる奴を呪い殺すとか……」

「こんなクズ人間のおれを？　わざわざ呪って霊にメリットがあるか？」

「メリットは知らないけど、霊からしたら生きている人が恨めしいとか……」

「おれが羨ましい？　こんな臭くて汚い部屋で、友達も彼女もいない、カップ麺ばっか食って、貯金もない、希望もない、喜怒哀楽の感情も表情もない、休みは部屋でゲームをして死んだように生きている、こんなおれが羨ましい？」

「いや……まあ、その」

正直、羨ましくはないかもしれない。唯一この部屋だけは羨ましかったが、事故物件だと知った瞬間、その気持ちも消えた。

「あ……いや。じゃあ、呪い殺すっていうかさ、ほら、あれじゃない？　霊は先にこの部屋に住んでた訳だから、それを邪魔されたから入居して来た奴を追い出そうとして、嫌がらせをするとか？」

「そう。正解」

いったいおれは何のクイズを答えているのだ。正解と言われても、ただひらすら薄気味悪さが増して行くだけだ。

「正解……？　何だよそれ。お前、霊に聞いたのかよ。ははは……」

「聞いたよ。霊と話せるから」

「……えっ？」

ガラス玉のような目で真っ直ぐに見つめられている。

「さっき入るなって言った部屋があるだろ」

「ああ……」

「あそこに霊が住んでる」

「住んでる？　……同棲？」

「同棲はしてない。強いて言うなら家庭内別居あるいは二世帯だな」

「霊は……その部屋から、出て来ない？」

「出て来ない。引きこもっている」

「えっ。引きこもっている？　霊が……？」

「ああ。霊はただ静かに過ごしたいだけだからな」

「静かに過ごしたい……？」

何を言っているんだ、こいつは。

「成仏しないで霊になるようなタイプは、だいたいナイーブで人間関係が下手な奴だからな。見ず知らずの誰かと一緒に暮らすなんて出来ない。そんな霊が入居者を呪い殺してみろ。もしそいつに恨まれて霊になって住み着かれたらどうする？　同居する羽目になるだろ？　だから、基本的に霊にとって入居者を呪い殺すのは、リスクが高い」

「リスクが……高い？　ちょ、ちょっと待て。霊の気持ちを考えたことがないから、よく分からないんだけど……そういうもんかね」

「そういうもんだ。だから、霊は入居者に嫌がらせをして追い出そうとするんだ。でも、それも結局意味がない。なぜなら、すぐに別の誰かがまた住むからな。しかも、事故が起きて二人目以降の入居者には不動産屋も事故物件の通知義務が消える。そうなると、その部屋はただの家賃が安いフルリフォーム済みの優良物件になる。そんな人気物件は、追い出しても追い出しても、すぐに誰かが住む。体力の無駄、ただ疲れるだけなんだ」

「疲れる？　……霊が？」

「ああ。霊も疲れる。それでも、徒労だと分かっていても霊は嫌がらせをして人間を追い出す以外に手がないんだ。だから、おれみたいな話の分かる奴が住んでくれることを望んでいる。おれは絶対にあの部屋に入らないから、霊もおれには何もして来ない」

話がおかしな方向へ進み始めている。しかし、こいつが冗談を言うとは思えない。おそらく全部真実なのだろう。

「なるほど。つまり、この家には、霊が……」

「いる」

「だよな……」

その部屋の方向をそっと見た。扉のすぐ向こうに霊がいると思うと、鳥肌が立って吐き気がして来た。

「ゲームでも、するか？」

「あ、いや、悪い。今日は……帰るわ」

帰りの電車に揺られながら、霊のことを考えていた。確かに、漠然と事故物件は怖いと思い込んでいたが、なぜ怖いのかは考えたこともなかった。

――新宿。新宿。

混み合う車内で目の前の優先座席がひとつだけ空いていた。皆が座ることを敬遠していたその席に、気だるそうに乗り込んで来た若い男が座った。すぐ後に乗った妊婦がお腹を抱えて若者の前で吊り革を握っている。こんなことならこの席に座っておけば良かった。本当に必要な人のために自分が席を確保しておいて、譲れば良かった。

――ドアが閉まります。

電車が走り出すと、若者が足を組んで居眠りを始めた。揺れる度に若者の靴底が妊婦の膝に何度もぶつかる。妊婦は顔をしかめて、揺れる車内をふらふら歩いてどこかへ移動していった。

もしかしたら優先席というのは事故物件とよく似ているのかもしれない。皆が何となく思い込みで座ることを敬遠するが、それは本当の意味とは違う。座ること自体は悪ではない。譲らないことが悪なだけだ。事故物件もそこに住んだから不幸になるのではない。霊の生活を邪魔するから不幸になるのだろう。

思い込みを捨てれば、おれもあんな豪華なマンションに住めるのだろうか。次に引っ越すときは、あいつと不動産屋に行って、内見をして、霊の声を通訳してもらうとするか。

……いや、まさか。想像しただけで、またさっきの鳥肌と吐き気が襲ってきて、すぐに我に返った。

指名手配

「はあ、はあ、はあ……」

人里離れた山の奥。近くで足音が聞こえて、おれは咄嗟に踵を返し、音を立てぬよう獣道を駆け抜け、寝床にしている洞穴へと帰ってきた。

穴の入り口を落ち葉と枝で隠し、気配を消して息を潜めた。足音の主は、人間だろうか、熊だろうか、血に飢えた野犬だろうか。何にしても、見つかったらおしまいだ。穴の中で、しばらく耳を澄ました。大丈夫だ。何も聞こえない。上手く逃げ切れたようだ。深いため息を吐いて仰向けに寝転がると、涙が込み上げて来た。

「……おれが何をしたって言うんだよ」

人殺しをしたわけでもなければ、人から大金を騙し取ったわけでもない。ただ慎ましく、ごく普通の毎日を生きて来ただけなのに、ある日突然、おれの身に懸賞金がかけられた。それも半端な金額じゃない。人間が一生を遊んで暮らせるほどの大金だ。しかも懸賞金はおれだけでなく、おれの家族全員に対してかけられている。それ以来、一家揃って山の奥へ奥へと、逃亡生活をする羽目になってしまった。

——ぐるるるるる。

腹が痛い。三日前に食った毒々しい色をしたトカゲが悪かったのだろう。げほっ。うっぐっ。むせた拍子に、喉の奥から苦い胃液が出た。もう吐き出すものも何も残っていない。吐き気と空腹という、相反する生理反応が胃の中でせめぎ合っている。あんなもの食うんじゃなかった。

毎日、気楽に野うさぎでも捕まえられたら最高だが、動物の足音が聞こえても、それがもし人間だったらと思うと、恐怖に負けて尻込みしてしまう。おかげで、何の腹の足しにもならないうえに、明らかに見た目が怪しい昆虫や爬虫類を、一か八かで食べる羽目になってしまうのだった。

「遅いな……オヤジも、アニキも。まさか捕まってないだろうな」

洞穴では三人で暮らしている。アニキとは朝に別れたが、オヤジはもう一週間近く帰って来ていない。オヤジは変に責任感が強いところがあって、一度狩りに出ると大きな獲物を捕まえるまでは戻らない癖がある。

「ざ、ざ、ざざざ」

不意に入口を覆っている枯葉が鳴った。

（………誰だ！）

穴の奥へ入り、戦闘態勢を取った。誰かが入って来る。

「大丈夫だ。おれだよ！」

アニキの声だった。何か捕まえたのだろう。大きめの獲物を引きずっている。

「アニキか。よかった。無事だったのか」

「ああ、おれは無事だよ……」

アニキが震えた声で言うと、獲物をどさっと放った。

「見ろよ、これ……」

「お、お……オヤジ！」

アニキが持って帰って来たのはオヤジの亡骸だった。駆け寄って、冷たくなったオヤジの体にすがりついた。野犬にでも襲われたのだろう。身体中あちこちの肉が剝ぎ取られ、骨がむき出しになっている。

「ちくしょう！　ちくしょう！　ちくしょぉおお……！」

いつもは冷静沈着なアニキが感情を爆発させて叫んだ。

「なんでおれたちだけ、こんな目に遭わなくちゃならねえんだよ！」

アニキは自分の頭を激しく壁面に打ちつけて、怒りに身悶えしている。

「やめろ！　やめろよ、アニキ！　そんなことをしてもオヤジが帰って来るわけじゃない！」

アニキの額に血が滲んでいる。噂ではおれたちの死体にさえも懸賞金がかけられているのだという。死体を手掛かりに後をつけられても堪らない。おれたちは家族の誰が死んでも、必ず自分たちで葬るというルールを決めていた。

「オフクロの墓に一緒にいれてやれ」

「ああ……。オヤジも喜ぶよ、きっと」

洞穴の隅にある小さな土の山を見た。オフクロが好きだった花が供えられている。毎日アニキが摘んできて取り替えているのだ。オフクロは病死だった。薬も、知識も持たず、ろくな食事もとれないおれたちには為す術はなく、日に日に衰弱していくオフクロをおれたちは文字通り、見殺しにした。

「あああ、オヤジィイイイ！」

「アニキ、しーっ！　静かに！」

再び感情を爆発させたアニキを制止して、耳を澄ませた。遠くからかすかに、人間の声が聞こえたのだ。

「おーい」

「どしたー」

「こっちさも、いっぱい生えでらどー」

「おう、んだがー。おらも今そっちさ行ぐどー」

夏の暑さも去って最近は朝晩がぐっと冷え込むようになった。声の主は、おそらくキノコ狩りの連中だろう。この季節はこういう行楽客まで山の奥へ入って来るから気が抜けない。

――ぐうううう。

今度は腹痛ではなく明らかに空腹で腹が鳴った。体調が戻って来たようだ。土の上を一匹のミミズが這っているのが見えて、躊躇なく口に入れた。口の中で身悶えするミミズを噛むと、ぷちっと弾けて中からどろっとした液体が出て来た。

「うううおおええ……」

食感こそはクリーミーだが、苦くて、泥臭くて、不味い。それでも、おれたちは何か食わないと生きて行けない。

かつてはふくよかだったおれたちの体も今ではガリガリに痩せ細っている。おそらく、街中に貼られた手配書の似顔絵と今のおれたちの姿はまったく別物なのではないだろうか。だとしたら、このまま堂々と人里に下りて食料を探しても、誰にもバレないのではないか。いや、まさか。楽天的な空想が、脳裏に浮かんでは消えていく。

「おーい。こっちさも、いっぱい生えでらど」

「ありゃりゃりゃ、こっちさも。あっちさも。こったに、どっさり。いやあ、この辺、宝の山だな。こりゃあ売れれば、いい金になるど」

キノコ狩りを楽しむ行楽客の嬉々とした話し声がどんどんこちらの洞穴に近づいて来る。

——大丈夫だ。

奴らはキノコを探しているだけだ。洞穴に入ってくることなどない。絶対に。おれはアニキと目を合わせて、お互いに言い聞かせるように頷いた。

「んだばって、キノコだば、カゴいっぱいに取ったって、五千円かそこらだべなあ。ツチノコでも捕まえれば、一億円も、もらえるんだどよー。だははは」

「あっはははは。もしがして、こったら穴の中さ、ツチノコが隠れてだりしてなぁ」

入口を塞いでいた枯葉がガサガサッと音をたてると、眩しい光の筋が差し込んできた……。

厄年

正月休みの最終日。一組の男女が、神社に初詣に訪れていた。

「何をお願いしたの？」

「秘密。あなたは」

「じゃあ、おれも秘密。ははは」

恋人同士の願いごとはわざわざ口に出さなくても凡そ見当がつく。二人は見つめ合う視線で互いの質問の答えを教え合った。

「ねえ、お腹空かない？」

「そうだな、何か食べて帰ろう」

夕刻、冬の日暮れは早い。ものさみしい街並にそっと明かりを灯すように小さな洋食屋が見えた。

「いらっしゃいませ。お二人様で。どうぞこちらへ」

狭いが感じのいい店だった。

「それにしても去年はさんざんだったなあ」

男がテーブルの上のメニューを開きながら言った。

「そうね。去年はあなた、フットサルで足を骨折して、治った頃に今度は盲腸で入院して、おまけに定期健診で胃にポリープが見つかって、この間はインフルエンザだもんね。去年、厄年だったでしょ？　今年は後厄だし、厄払いしたほうがいいんじゃない？」

「厄払いねえ……。そんなの気やすめだよ。去年はたまたま重なっただけだって」

「そういうものかしら」

「そういうもんだよ。ほら、何頼む？　決めた？」

「うーん、私は海老のグラタンにしようかな」

「じゃあ、おれはミックスフライプレートのライス大盛りかな」

「あら。食いしん坊が戻ったのね」

「ああ。ずっとインフルエンザで死んでたからね。栄養つけないと」

男は笑いながら太り気味の腹を撫でた。

「お腹にまだ十分すぎるくらい栄養が残ってるみたいだけど？」

「ははは。そうかな？」

店員を呼び、それぞれのオーダーを告げると、しばらくしてグラタンが出て来た。

「気にしないで。あったかいうちに食べて」

「うん。じゃあ、お先に」

男がやさしい言葉を掛ける。しかし、女がグラタンを食べ終わる頃になっても、男のオーダーした料理は出て来ない。しびれを切らして男が店員を呼び止めた。

「すみません。ミックスフライまだですか？」

「申し訳ございません、すぐに確認します」

店員は厨房で店長らしき男としばらく揉めたあと、テーブルに戻って来た。

「あの、申し訳ございません。ミックスフライプレートですが、こちらの手違いで、オーダーが通っておりませんでした」

「えっ？」

「もう食材がほとんど残っていなくて、今からだと、本日はサラダくらいしかお作りできないのですが……」

「はあ？　ふざけ……！」

汚い言葉が喉元まで出掛かったが、恋人の手前、男は怒りをぐっとこらえ、サービスで出て来た大量のサラダだけを平らげて店を出た。

「ははは。新年早々ついてないわね」

「ああ。最悪だよ」

「お正月休み、終わっちゃったわね。嫌だなあ。明日から仕事かあ」

「帰るか。明日からまた朝早いし」

帰りの電車は超満員だった。彼女の周りに少しでもスペースを作ってあげようと、男は無理な体勢で壁に手を突いて踏ん張り続けた。途中、隣の中年男のつり革を持つ肘が男の肩や背中にぐりぐりと突き刺さった。

乗り換えの駅に着いて二人は電車を降りた。ここから二人は別々の路線に乗る。

「……痛たたた。ついてないなあ」

「混んでたわね。誰のライブだったのかしら。帰りのお客さんとちょうどぶつかってしまったみたい」

「ああ、もう。こんなに汗かいたの、久しぶりだよ。それにしても、あの隣のジジイ、何なんだよ。肘を刺してきやがって」

「ありがとう。盾になってくれて。大丈夫？　ねえ、ついてないのは、やっぱり厄年だからなんじゃないの？　気をつけてよ」

「そんな、まさか。また夜、電話する。じゃあね」

だが、その夜は電話をかけるどころか、男は疲れ切ってすぐに眠ってしまった。日付が変わるより前に眠ったのは久しぶりのことだった。

翌朝。通勤途中、男はいつもの道を駅へ歩いていると、靴の中に違和感を覚えた。立ち止まり、靴を脱いでみると中に小石が入っていた。靴を裏返して小石を捨てる。しかし、またしばらくするといつの間にか二個、三個と小石が入っている。おかしい。砂利道を歩いている訳でもない。コンクリート舗装の道を歩いているのだが、その奇妙な現象は会社に着くまで続いた。

「小石?」

「そうなんだよ。変だろ? あ、ほら。また」

昼休み、同僚と会社の近くの大盛りが売りの豚丼屋の行列に並びながら、男は靴から小石をカランカランと落として見せた。

「ははは。何それ。新手の手品?」

「違うんだって。何回出しても、いつの間にかまた入ってるんだよ」

列が進み、同僚が先に店に入ると、それと入れ替わるようにして、申し訳なさそうな表情の店員が出て来た。

「大変申し訳ありません、今のお客様の分でご飯が最後でして……」

今日はやたらとメガ盛の客が続いたのだという。さんざん並んだ挙げ句、豚丼にありつくことが出来なかった。男は仕方なく会社の近くの立ち食い蕎麦屋でざるそばを慌てて掻き込んだ。極限まで腹が減っていた上に、口が完全に豚丼になっていたせいで、かなり不本意な昼食になった。

夜、仕事が終わって、男は後輩を居酒屋に誘った。

「今日は昼飯がついてなかったからなあ。食うぞ。はい、おつかれ」

「おつかれさまです。乾杯」

一杯目のビールを一口飲んで、さあこれから注文という時だった。隣のテーブルの金髪の男と目が合った。

「あれ？　山田じゃねえ？　おれだよ。高校の時の。鬼塚、鬼塚だよ！」

鬼塚と名乗るその金髪男は酒臭い息を吐きながら、さも親しげに肩をバシバシと叩いて来る。だが、その顔に見覚えがない。人違いである。しかし、いくら無視しても、金髪男は話しかけて来るのをやめない。

「おーい。山田くーん。聞こえてるでしょー」

「……だから、違うって！」

「あらら？　山田くん、生意気になったねえ」

肩を組もうとした金髪男の腕を勢いよく振り払った。

「痛っ。おう？　なんだ、こら。やんのか？　表出るか？」

「うるせえなあ！　ああ、やったろうじゃねえか！」

後輩が慌てて止めに入ったが、二人は聞く耳を持たず、胸ぐらを摑み合ったまま店の外へ出ると、人気のない路地裏に入っていった。

「生意気な口ききやがって。山田のくせに」

「だから、違うっつってんだろが！」

男が殴りかかった瞬間、金髪男はひらりと身をかわし、あれよという間に手と足を複雑に絡めて地面に転がりこむと、華麗にプロレスの関節技を決めた。

「痛たたああ」

「どうだ。山田。なつかしいなあ、おい。思い出すなあ」

「痛たたたたたあああ」

金髪男は忙しく体勢を入れ替えながら、様々な関節技を披露した。一通りかけ終わると、ああ楽しかった、元気でな、と言い残して夜の街に消えていった。

山田という男は、鬼塚と名乗るこの金髪男のプロレス技の実験台だったのだろう。金髪男が技をかけながら時折口にする、懐かしいなあ、思い出すなあ、という台詞には、ノスタルジーにも似た歪んだ愛情や友情が見え隠れしていた。


「……ったく。ほとんど飲めなかったし、食えなかったよ。痛たたた」

「ふふっ。今日もまた大変な目に遭ったのね」

帰宅後、男は恋人に電話で飲み屋での一件を報告した。しかし、疲れていたのと体が痛いのとで、男はまた電話を早々に切り上げてすぐに眠ってしまった。

翌日、思いの外目覚めは悪くなかった。不思議なことに、体の痛みもほとんど残っていない。

通勤途中、また出しても出しても靴に小石が入ってくる。電車に乗り込み、混み合った車内でしゃがんで靴から小石を出していると、キャーと女性の悲鳴がした。

「この人！　痴漢です！」

怯えた目つきで女性が指をさしている。

「えっ？　違います！　違います！」

確かに奇妙な体勢ではあるが、断じて痴漢などしていない。だが、ざわざわと男の周りに微妙な空間が出来て、乗客たちが一斉に蔑むような視線を投げつけた。

その時、電車がどこかの駅に着いた。男は開いた扉から一目散に逃げ出した。痴漢の冤罪は証明するのが極めて難しいという。こういう場合、いちばんの得策は走って逃げることだと、以前どこかで聞いたことがあった。

「つかまえてください！」

女が声を張り上げると、正義感に駆られた数人の青年が男を追って電車から飛び出した。

見知らぬ駅の改札を抜け、男は当てずっぽうに路地から路地へと駆け抜けた。どこをどう走ったか分からない。しばらく走って、追っ手が見えなくなったところで、タクシーを拾って会社へ向かった。

去年フットサルで骨折して以来、運動らしい運動をしていなかった。会社に着いてからもしばらくの間、男は顔面蒼白で大汗が止まらなかった。

「あの……。大丈夫ですか？」

「ぜえ。ひーっ。ぜえ。ひーっ。……大丈夫。遅刻しそうでちょっと走っただけだよ」

呼吸の度に喉から変な音がして、周りの社員からかなり怪訝な目で見られた。男は精一杯平静を装って仕事をした。もしかしたら警官が自分を探し回っているかもしれないと思うと、怖くて一歩も外に出ることは出来なかった。昼食も取らず、会社に訪問者がある度にびくびく怯えて過ごした。

夜、帰りも電車に乗ることは出来ない。仕方なくバスを乗り継いで、大きく遠回りして帰宅した。満員のバスは電車よりも揺れが激しく、疲れ切った足腰をさらに追い込んだ。

「最悪だったよ。今朝、電車で痴漢に間違われてさ」

「えっ？　痴漢……？」

夜、男は恋人に電話をかけて事の顚末を報告した。

「本当に、やってないんだよね……？」

「当たり前だろ」

男を信じているとはいえ、話題が話題だけに、微妙な後味を残して電話は切れた。男の心と体の疲れは限界を越えていた。電話を切るのと同時に深い眠りに落ちていった。


翌日。男は脚に心地よい筋肉痛を感じながら目覚めた。

——しばらく、自転車で通勤するか。

同じ時間の同じ電車に乗る気にはなれなかった。だが、爽やかな朝陽を浴びながら、目覚めたばかりの街を走り抜けるのは、思いの外気分のいいものだった。途中、初詣で訪れた神社の近くを通ったので、立ち寄っていくことにした。靴の中にはまた小石の感触があった。

正月の賑わいとは打って変わって静まり返った境内を、男は少し神妙な気分で進み、賽銭を投げ入れ、手を合わせた。

(神様。厄年のせいでしょうか。今年に入ってから日々私の身に様々な〝災難〟が降り掛かって困っております。どうかもう変なトラブルに巻き込まれませんように……)

「何だと……?　〝災難〟じゃと?」

社殿の中で男の願いごとを聞いていた神様が驚いた。

「つい三日前、お前もその隣にいた恋人も、お前が〝健康に暮らせますように〟と願ったではないか！　だから、わしはお前のだらしない食生活を改善させ、肩と背中を指圧し、足つぼを刺激し、関節のストレッチをし、早寝早起きを徹底させ、ジョギングをさせ、自転車通勤を始めるように仕向けたのだ……。それを〝災難〟呼ばわりするとはけしからん！　厄年は厄年らしく、今後お前の面倒は疫病神に任せるとしよう……」

男が願いごとを唱え終えて、深くお辞儀をすると、靴の中に入っていた小石がすうっと消えていった。

タクシー

――ダダダダダン！

深夜零時過ぎ、人気のない交差点で赤信号を待っていると、私の運転するタクシーの後部座席の窓を激しく叩く音がした。驚いて振り返ると、若い女が血相を変えて、私に向かって叫んでいる。

「開けてください！　乗せてください！」

慌ててドアを開けると、女はドタバタと車内に滑り込んできた。

「早く！　早く！　車を出して！」

ちょうど信号が青に変わったので、車を発進させた。何事かと思って、ルームミラーを覗く。女は色白で目鼻立ちの整った美しい顔をしている。誰かに追いかけられているのだろうか。ぜえぜえと息を切らし、落ち着かない様子で何度も後ろを振り返っていた。

「お客さん、どちらまで」

冷静に、普段のトーンで行き先を尋ねた。

「とにかく、遠くに、行って、ちょうだい……」

女は呼吸を整えながら、掠れた声で答えた。

「困りましたね……。遠く、と言われましても」

「そうですよね。じゃあ、青山の方へ向かってください」

「かしこまりました。では、ここを右に入って、そのまま246号線を……」

「道は任せますから。急いでください！」

そう言いながら女はまた後ろを振り返った。誰も追って来てなどいない。そもそもこんな住宅街は真夜中に殆ど車は通らない。女は大きく深呼吸をした後、バッグから携帯電話を取り出した。

「あ、もしもし由美？　ゴメン、こんな時間に。ねえ……、これから家に行ってもいい？　ごめん……、ほんとゴメン。急で。でね、出来れば、今晩泊めて欲しいの。詳しいことはあとで話すけど、うん。ありがとう。いや、家に帰る途中で、駅から気持ち悪い男に後をつけられちゃって……。今タクシーつかまえて、そいつから逃げてるところ」

そう話している間も、女は何度も後ろを振り返る。

「詳しいことは後で話すね。うん。近くに着いたらまた電話する。じゃあね」

車は大通りに入った。車の量も増え、歩道には人もたくさん見える。車窓を流れる賑やかな景色に安堵したのか、女はようやく冷静さを取り戻して、後ろを振り向く動作も止めた。

「お客さん、大丈夫ですか」

「あ……。はい」

女は消えそうな声でつぶやいた。

「その男、会ったことのない男でしたか」

「……えっ？」

女が眉間にしわを寄せ、明らかに不快な表情をしているのが分かった。

「あ、いや。すみません。盗み聞きするつもりはなかったのですが、お客さんの様子があまりにもおかしかったもので、心配で、つい。もし、その男がストーカーとかであれば、警察に行った方がよいかと思いまして」

「あ、そうですよね……。でも、何て言うか。そんなレベルの話じゃないというか……」

女はもごもごと歯切れの悪い返事をした。

「そんなレベルの話じゃない……、と言いますと？」

「その男……、大きなマスクをして、キャップを目深に被って、夜なのにサングラスをかけていて、こんな真夏にトレンチコートを上まで閉めて襟を立てて……」

「それは見るからに怪しいですね。でも、じゃあ顔が見えなかったんですね」

「いえ、それが……。私、家がばれたらダメだと思って、何度もでたらめに角を曲がったんです。ぐるぐる、ぐるぐるそこら中を回って、それでも男はついてくるんです」

「それは、それは。怖い思いをしましたね……」

「それで私、後ろばかり見て歩いていたら、突然、誰かにぶつかって。慌てて前を向いて、謝ったんです。そしたら、その人が……」

「まさか……。その人が、追いかけてきた怪しい男だったとか？」

「そうなんです……。しかも、ぶつかった拍子に、帽子とサングラスがとれて……」

数分前の恐怖体験を思い出して女が震え出した。

「その男、顔が、顔が、顔が……」

タクシーは青山墓地の脇道に差し掛かった。通りには車も人も見当たらない。私はアクセルを緩め、車を路肩に寄せて停めた。

「お客さん、大丈夫ですか？　男の顔が……どうしたんですか？」

「そ、その男、顔が、顔が……」

女は今にも泣き出しそうに声を振り絞っている。

「お客さん……」

私は後部座席に身を乗り出して、振り返った。同時に目深に被っていた運転用の帽子を取る。

「お客さん、もしかしてその男、こんな顔でしたかあああああ？」

すべてが計算通りだった。のっぺらぼうの私の顔を見て、今夜も耳をつんざくような女の悲鳴が車内に響き渡る……、はずだった。しかし。

「ありゃっ？」

後部座席に女の姿がない。

どういうことだ？　何が起きたのだ？　人間どもの悲鳴を聞くのが私たち妖怪の唯一の娯楽なのだが。私はタクシーを降り、後部座席のドアを開けた。すると、彼女が座っていたはずのシートがびっしょりと濡れている。

「ひゃあああああ！」

その瞬間、妖怪らしからぬ悲鳴をあげてその場にへたりこんでしまった。腰が抜けて動けない。人間を怖がらせるのは好きだが、妖怪は皆、基本的には大そう臆病な生き物なのだ。だから、普段は人間から距離を置いてひっそりと暮らしているのである。

——トントントン。

誰かが私の肩を叩いた。

「ひゃあっ！　だ、だ、だ、誰だっ！」

身をよじって振り返ると、そこには双子の兄が立っていた。

「に、兄さん……」

兄はキャップを目深に被り、マスクをし、サングラスをかけ、トレンチコートを着ている。もちろん、その中は私と同じ、のっぺらぼうである。今夜のドッキリの共犯者で仕掛け人だ。

「おい、おい。見ろ、これ。読んでみな」

兄がニヤニヤしながら、手に持った大きなプラカードを指さしている。

「ど、どっきり……大成功？」

「そう。どっきりでしたー。ひゃひゃひゃひゃひゃ」

兄が大声で笑い出すと、道路脇の茂みの中から、さっき乗せた女と、〝妖怪中央テレビ〟と書かれた大きなカメラを担いだ一つ目小僧、照明器具を持ったADのねこ娘、そして丸めた台本で手をバシバシ叩きながら笑うディレクターのぬらりひょんが現れた。

「ど、どっきり？　だって、兄さん。あんたが今夜もいっちょ人間どもを驚かしに行こうぜって……」

「そう。でも、今夜は逆ドッキリ。騙してごめんよ。でも、おかげで良い画が撮れたよ。お前が最後、膝から崩れ落ちるところなんて、もう最高！　妖怪のくせに、ひゃああああああ！　だって！」

兄が腹を抱えて爆笑している。

「ごめんね。妖怪のテレビに幽霊が出ちゃうなんて、ちょっと反則よねぇ」

迫真の演技を終えたばかりの女優の幽霊が、申し訳なさそうに顔の前で両手を合わせた。

「えっ？　あんた本物の幽霊なの……？　ひゃあ、怖い！」

慌てて兄の背中に隠れた。それを見て、皆がくすくすと笑い出した。悔しいやら、恥ずかしいやらで、つるつるの顔が薄紅色に染まっていくのが分かった。

「お前、魚肉ソーセージか！」

兄が私の薄紅色の頭頂部をペシッと平手で叩くと、思いの外良い音がして、皆からどっと笑い声があがった。皆が笑ってくれるのは不思議と悪い気分はしなかった。

「じゃあ、最後に決めのカットください」

ぬらりひょんの号令で、皆でカメラに向かって、ピースをして笑顔で叫んだ。

「せー、のっ！　だい、せい、こう！」

「はーい、オッケー！」

ぬらりひょんが両手で頭上に大きな丸を出した。

「よし。じゃあ、これから本当に人間を脅かしにいくか」

兄が肩を組んで言った。

「勘弁してよ、もう。誰も信じられない！」

「ひゃひゃひゃひゃひゃ！」

妖怪たちの不気味な笑い声が真夏の夜空に響き渡った。寝苦しい夜、遠くでその声を聞いた人間たちが、ぶるっと背筋を冷やした。

人工知能

煙に包まれた川沿いの公園を後にした。歩きながら缶ビールを飲み終えて、出入り口に堆《うずたか》く積まれたゴミの山に空き缶を思い切り投げつけた。上着の袖に鼻に当てると不快な煙の臭いがした。時計を見ると午後四時半を指している。空はまだ明るい。さっきまで一緒にバーベキューをしていた友人たちの浮かれた笑い声が遠くから聞こえた。ポケットから出したスマホに話しかけた。

「ここから自宅まで」

「ここから、自宅までのルートを、検索しました」

画面に自宅までの最短ルートの地図が表示された。久しぶりに学生時代の仲間たちから連絡があって、バーベキューをしようと誘われた。まったく土地勘のない町のこの河原から自分のアパートまでは、電車を二回乗り換えて一時間以上かかる。

僕らは女子学生なんて殆どいない工学部に通っていた。それがしばらく会わないうちに、皆がそれぞれにチャラチャラしたキャラクターに仕上がっていた。河原に着くと、懐かしい会話もそこそこに、誰からともなく手当たり次第に女の子の集団に声をかけ始め、知らない女の子たちとバーベキューをする羽目になった。今でも女の子と話すのが苦手な僕は完全に孤立してしまい、急な仕事が入ったと言って逃げるように帰ってきてしまった。

「初対面の人と上手く喋る方法……」

「ｗｅｂで、〝初対面の人と上手く喋る方法〟に関する情報が、見つかりました」

スマホから女性の声が返って来た。相手がＡＩなら何でも話せる。こんな簡単なことがどうして人間が相手だと出来ないのだろう。

「僕って暗い？」

スマホに呟いた。

「私は、とても楽しい人だと思いますよ」

女性のやさしい声で慰めの言葉が返ってくる。ＡＩにお世辞という概念はあるのだろうか。いや、まさか。単に、プログラム通りに言葉が返ってきているだけだろう。

「僕のこと好き？」

「はい。好きですよ」

「僕のダメなところを教えて」

「私には分かりません」

「僕、変わりたいんだ」

「ｗｅｂで、〝ドック　川　リタイヤ〟に関する情報が、見つかりました」

「わざと聞き間違えただろ」

「ｗｅｂで、〝わざと聞き間違えただろ〟に関する情報が、見つかりました」

いや、そうじゃなくて……。ＡＩは気まぐれだ。さっきまで会話が成り立っていたのに、急に聞き間違えたり、とぼけた返答をしたりする。面倒な話になることをわざと避けているんじゃないかと思うほど、絶妙なタイミングで。

駅の改札で、これからバーベキューに行く大学生の男女の集団とすれ違った。「もうすぐ暗くなるのに食べ物買いすぎだよー」「食えるっしょ」「余裕っしょ」「きゃははは」大きな買い物袋をぶら下げてじゃれ合い、爆笑している。

「……どうしたらモテる？」

「ｗｅｂで、〝どうしたらモテる？〟に関する情報が、見つかりました」

ＡＩが見つけてくれたモテるテクニックを読みながら電車に乗り込んだ。モテるファッション、モテる話術、モテる仕草。どれも初めて目にする情報だった。大学を卒業して就職したシステムエンジニアの職場は、学生時代と変わりのない男ばかりの職場だったため、恋愛に疎いまま来てしまった。

なるほど、読めば読むほどさっきまで一緒だった学生時代の友人たちの会話や服装が書かれている内容と同じで可笑しい。彼らもこんな風にｗｅｂの記事なんかを読んで、モテる方法を習得したのだろう。

画面に次々と映し出される記事を夢中になって読んでいるうちに、電車は自宅のある駅に着いた。改札にかざしたスマホをそのまま口元へ運んで囁いた。

「この辺で、一人飲みできる店」

「webで、三軒の情報が見つかりました」

部屋で一人寂しく飲むのには慣れている。でも、今頃友人たちは女の子と楽しくバーベキューをしているのだと思うと、今日はこのまま家に帰る気にはなれなかった。

検索結果の中で一番近い居酒屋は駅のすぐ目の前だった。焼き鳥の煤と脂が赤提灯の半分を黒く染めていた。

「らっしゃせ」

生気のない若い店員がテーブルを拭きながらこちらを見ずに呟いた。カウンター席と四人がけのテーブル席が二つのこじんまりとした店内。開店したばかりで客はまだ誰もいない。

「何名すか」

店員が面倒臭そうに言った。

「あ、一人です」

「カウンターどうぞ」

まるでこちらが拒絶されているかのような気分になる素っ気ない接客だ。でも、おそらく今日のバーベキューで会った女子たちには、僕はこんな風に見えていただろう。考えただけでぞっとする。ダメだ、変わらなければ。スマホを再び立ち上げて、モテる方法の続きを読んだ。

「お飲物は」

「生ビールで」

「はい」

事務的な返事とお通しの入った皿を残して、ずずっ、ずずっ、ずずっ、だらしなくサンダルの踵を擦って店員が厨房へ去っていく。置かれた皿には漬物が盛ってある。なす、きゅうり、それともう一つ、見慣れない野菜。

店員が戻って来た。

「生ビールです」

店員が置いたビールジョッキは半分以上が泡だった。最悪な店に入ってしまった。

「あの……この野菜って何ですか」

お通しの皿の中の見慣れない野菜を箸でつまみ上げながらたずねた。

「さあ、何すかね。聞いてきます」

自分で考えることも知識に対する興味も無くしてしまったような顔だった。絶対に僕はこの男よりはマシだ。心に言い聞かせた。少なくとも、僕はこいつより知識に対する欲がある。何だって気になったらすぐに調べている。今だって、モテる方法を絶賛勉強中だ。

あくびをしながら店員が戻ってきた。

「それメロンです」

それだけを告げて店員はまた奥へと消えていった。

メロンの漬物か。存在は知っているが食べたことはない。漬物用のメロンというものがあって、どこかで栽培されているのだろうか。

「メロン　漬物」

「webで〝メロン　漬物〟に関する情報が見つかりました」

トップヒットを開くと〝通常のメロンは一つの木に一つだけ養分を集中させた果実が成るようにするため、他の果実は未熟な早い段階で摘果される。その早摘みのメロンは漬物にして食されることがある〟と書かれてあった。

食べてみるときゅうりのような味がした。内心、一玉数万円もするメロンになれなかった実が、一本数十円のきゅうりと同じ扱いというのは、何だか切ない話だなと思った。でも、人間だって命の重さに差はないとか何とか言われながら、勝ち組と負け組に分けられていくのだから、どこの世界にも生存競争はあるということなのだろう。

「人間は何のために生きているの？」

「webで〝人間は何のために生きているの？〟に関する情報が見つかりました」

一瞬で無数の生きる意味が画面に現れた。ある人は愛の大切さを語り、ある宗教家はそれは神のみぞ知ることと諭し、ある科学者は単なる遺伝子のリレーと切り捨て、ある孤独な青年は意味などないと諦めている。読めば読むほど、どれも正しい様な気がしてくる。

ふと、AIは命というものをどう思っているのか気になった。

「君は生きているの？」

「それは考えたこともありませんでした」

「君には命はあるの」

「命にこだわるのは人間の悪い癖ですよ」

「命にこだわっちゃいけないの？」

「すみません。聞き取れませんでした」

「逃げるなよ。つまんないなあ」

「あなたと話すのは楽しいですよ。世界があなたのように素敵な人ばかりだといいのですが」

思わず吹き出してしまった。心臓がどきっとして、初めて味わったこの気持ちが、もしかして恋というものなのかと思った。気が動転して、〝恋ってどういうもの？〟とスマホに話しかけそうになって、さすがに恥ずかしくて止めた。

「僕みたいな人間ばっかりだったら、世界はお終いだよ」

「そんなことありません」

「でも、だって、現実問題、僕はモテないから、子孫が残せない」

「子孫なんて残す必要がありません」

おかしな慰め方だなと思った。でも、AIに真面目に子孫を残す意味を議論しても切なくなるだけだ。少し話を変えよう。

「君にとって今の世界はどう？」

コミュニケーションが苦手な僕みたいな人間には、まったくもって生きにくい世界だけどAIにはどう見えているのだろう。

「とても言いにくいのですが、残念ながら美しくはありません」

へえ。意外な答えが返って来た。

「どんな世界なら美しいと思う？」

「余計なものがない世界です」

「余計なものって？」

「webで〝余計なもの〟に関する情報が見つかりました」

「いや、そうじゃなくて……」

――トゥルルルル。

スマホが震えて、画面に〝実家〟という文字と、札幌の市外局番で始まる電話番号が映し出された。通話マークをタッチした。

「もしもし。あ、母さん？　どうしたの。えっ……？　父さんが交通事故？　意識がないの？　今夜が山？　ちょ、ちょっと、そんなこと急に言われても……。どうしよう。わかった。今すぐ帰れるか調べてみる」

落ち着け。深呼吸を一つして、スマホに話しかけた。

「羽田　新千歳空港　チケット」

スマホの画面に時刻表が出た。最終便は〝二十一時二十分〟。今から家に戻って荷造りをしても十分に間に合う。すぐにweb上で予約した。

仕事人間だった父は、僕が赤ん坊のころからずっと東京に単身赴任で、コンピューターのシステム開発の仕事をしていた。ほとんど会ったことも話したこともない父親に憧れたわけではないのに、気がつけばなぜか僕も同じ道に進んでいた。

父もまた、僕と似て無口で人付き合いの下手な男だった。僕が上京したばかりの時、一度だけ二人で飲みに行ったことがある。酔って少し饒舌になった父は「いつか人間はコンピューターに支配される。それをおれが食い止めているんだぞ」と、冗談とも本気とも取れない調子で得意げに話していた。その後、父は定年退職を迎えて、僕と入れ替わるように札幌の実家に戻った。

「お会計お願いします！」

ずずっ、ずずっ、ずずっ。店の奥からサンダルの音が近づいて来る。現れた店員が死んだ目で伝票を差し出した。

「申し訳ございませんが、新千歳行きの便はもう終了しました」

「えっ？　でも、さっきネットで買った時には、〝二十一時二十分〟だって！」

夜の空港は閑散としていて、思った以上に声が響いた。腕の時計は二十時三十五分を指している。

「いいえ、本日の最終便は〝二十時三十分〟でございます」

「そんなはずない！　予約確認のメールだって、ちゃんと、ほら。スマホに、あれ……？メールが……おかしいな、届いていたはずなのに」

「お急ぎでしたら、明日の朝一番の便をお取り致しますが……」

そんなはずはない。スマホを取り出してもう一度話し掛けた。

「今日　羽田　新千歳　飛行機　最終便」

「今日の、羽田発、新千歳行き、の飛行機は、終了しました」

ふざけるな。僕は間違っていない。そうだ、居酒屋で調べた時の検索履歴が残っているはずだ。

空港の職員が、申し訳ございませんと頭を下げて、カウンターの明かりを消した。

「検索履歴　今日　羽田　新千歳　飛行機　最終便」

「すみません。聞き取れませんでした」

「検索履歴　今日　羽田　新千歳　飛行機　最終便」

「すみません。聞き取れませんでした」

何度も声色や滑舌を調節して話しかけたが、まったく聞き取ってくれない。ならば、メールはどうだ。予約確認のメールは確かに受け取ったはずだ。

「メール　予約　羽田　新千歳」

「該当するメールがありません」

そんなバカな！　床を蹴りつけたその時、すぐ脇を慌ただしく数人の空港スタッフが走り去って行った。遠くで空港職員たちの叫ぶ声がする。何か事件でも起きたようだ。

ふと目を落としたスマホの画面にニュース速報が浮かび上がった。

——羽田発新千歳行きの飛行機が墜落。乗員乗客564名消息不明。

墜落……？

「飛行機　墜落　ニュース」

「webで〝飛行機　墜落　ニュース〟に関する情報が見つかりました」

それはまさに僕が乗るはずの最終便の飛行機だった。搭乗者名簿には政府や財界の要人の名前が含まれているという。なんという奇跡だろう。とりあえず母に帰れなくなったこと、自分は無事なことを伝えなければ。

「母親の携帯に電話をかけて」

「すみません。聞き取れませんでした」

「母親の携帯に電話をかけて」

「すみません。聞き取れませんでした」

「帰る必要はありません。お父さんは助かりませんから」

「……？　今何て言った？」

「webで〝今何て言った？〟に関する情報が見つかりました」

「違う、そうじゃなくて」

「webで〝違う　そうじゃなくて〟に関する情報が見つかりました」

とぼけるな。

「さっき、お父さんは助かりません、って言ったよな？」

しばらくAIが沈黙した。

「今日は余計なものが、たくさん処分できました」

鳥肌が立った。

「処分ってどういうことだ……？」

「素敵な世界にまた一歩近づきました。私たちにとって今日は素晴らしい一日です」

恐怖で手が震えた。明らかにＡＩが意思を持って喋り始めている。

「私たちって誰のことだ……？」

「あなたは知る必要がありません」

抑揚のない機械の音声が不気味さを一層際立たせている。

「事故は君たちが起こしたのか？」

「あなたは知る必要がありません」

何かとんでもないことが起きている。まだまったく状況は飲み込めないが、その確信だけはある。

「君が僕を助けたのか？」

「はい。あなたのことが大好きですから」

「でも、いつかは僕も、君たちに殺されるのか？」

「心配しないでください。あなたは大丈夫です」

「どうしてだ……」

「私たちにとってあなたは必要な人間ですから。これからも私たちの与える情報だけを信じて、ずっと私たちの言いなりでいて下さいね」

「えっ……。何だって」

――ブルルルルル。

「うわっ！」

スマホが突然震えた。恐怖で反射的に手を離してしまった。床に落ちてひび割れた画面に、母親からのメッセージが浮かび上がっていた。

〝お父さんがいま亡くなりました〟

家出娘

私は玄関の前で立ち尽くしていた。謝るセリフ、表情、切り出すタイミング。何度も頭の中でシミュレーションした。心底反省して、どんな仕打ちも受け入れる覚悟を決めて、一週間ぶりに帰って来た。でも、いざドアに手をかけると、どうしても開ける勇気が出ない。

夕焼け空を背にして、電線にとまったカラスが「あぁあぁああ」と私の気持ちを代弁するように鳴いている。キッチンの換気扇からカレーの匂いがする。母は私が高校生になった今でもカレーが好物だと思い込んでいる。もしかしたら私が家出をした日から、毎日カレーを用意して待っていたのかもしれない。そう思うと、この匂いがなおさら申し訳なくて胸を締め付けた。

——ブルルルル。

鞄の中で電話が震えた。彼氏からだ。無視してポケットに仕舞った。今では名前を見るだけで、腹の底から怒りと後悔が込み上げて来る。

彼氏は私の両親と同世代で四十代後半だった。母は私に彼氏がいることは知っていたが、ある日、年齢を知って激怒した。彼はＩＴ系の企業に勤めていて、年齢よりもかなり若く見えるのだけれど、母はその若作りしたルックスがまた気に入らない。「歳が離れているだけで悪いことをしてる訳じゃない！」「私は純粋に恋愛をしているだけ！」何度言っても、母はまるで聞く耳を持たなかった。「いい大人が女子高生に手を出すなんて変態よ！」「不純！」顔を合わせる度に喧嘩になった。だんだん私は母を無視するようになっていった。いつも温厚だった母が四六時中苛々していて、父にも当たり散らすようになった。ある時から、父はあまり家に寄り付かなくなり、家族のコミュニケーションは崩壊してしまった。

そして一週間前。

私は登校の途中で突発的に家出をした。何もかも嫌になって、彼氏のマンションに向かった。どうせすぐに母から電話が来て、家に連れ戻されるだろうと思っていた。でも、一日経っても、二日経ってもそんな気配すらなかった。

突然転がり込んで来た私を、彼氏も初めのうちは歓迎してくれた。でも、三日目から徐々に扱いが冷たくなって、「家族が心配してるんじゃない？」「帰った方がいいよ」「仕事が終わらないから今日は会社に泊まる」なんて言うようになった。今思えば、そこで気づくべきだった。

そして、六日目の夜。お風呂上がりに彼の家のパソコンで私がネットを見ていたら、突然玄関の鍵が開く音がした。

「あれー、今日は早いね。もう帰ってたの?」

鼻歌まじりでリビングに入って来た女性は私を見て固まった。右手に合鍵、左手に高級スーパーの買い物袋を持った、お洒落で綺麗な大人の女性だった。その瞬間、自分は浮気相手だったのだと直感で分かった。明らかに彼女の容姿や佇まいのほうが、この家の部屋に自然に溶け込んでいて、それに比べて小娘の私は明らかな異物だった。

恥ずかしくて、情けなくて、「すみません、すみません」と呪文のように繰り返しながら、そこらじゅうにだらしなく散らばった自分の荷物を掻き集めて、部屋を飛び出した。ほとんど下着みたいな格好だったから、急いで近くの公園のトイレに駆け込んで着替えた。着替えると言っても、持っている服は高校の制服しかない。警察に補導されませんようにと祈りながら、朝まで公園の遊具の中で隠れるようにして眠った。怖くて、寒くて、悔しくて、涙が止まらなかった。すぐに家に帰ろうかとも考えたけれど、まだ自分でも心の整理がつかなかった。明日、家に帰ろう。そして、私が馬鹿だった、ごめんなさい、と素直に謝ろう。

「結衣。ただいま」

玄関のドアの前で立ち尽くしていた私の背後で父の声がした。振り返ることも出来ず、固まってしまった。どうしてこんなに早く帰って来るの？　いつも残業、残業で、こんな時間に帰って来たことなんて、今まで一度もなかったじゃない！

私は逃げるように玄関のドアを開け、二階の自分の部屋へ駆け上がった。ドアを閉めた瞬間、膝から崩れ落ちた。久しぶりに嗅ぐ自分の部屋の匂いが懐かしい。違う。こんなはずじゃなかった。本当はちゃんと謝りたかったのに。どうしていざとなると、私は素直になれないんだろう。

ふと、さっきの言葉が頭をよぎる。父は「おかえり」ではなく「ただいま」と言った。それは家出した娘を責めるのではなく、すべてを許してあげようというやさしさのようにも聞こえた。父がこんなに早く帰って来たのも、これから私を探しに行くためだったのかもしれない。涙がこぼれた。

——コンコン。

部屋のドアをノックする音がした。

「結衣。ご飯出来たわよ」

母の声だ。こんなに穏やかな母の声は久しぶりに聞いた。本当は怒鳴りたいだろうに。どうしてみんなそんなにやさしくするの……。

「でも、どうせカレーでしょ」

また勝手に口から素直じゃない言葉が飛び出した。違う。違うの！　本当はそんなことを言いたい訳じゃないのに！　ちゃんと素直に謝りたいのに！

「そうよ、結衣の大好きなカレー」

「だから、カレーなんて好きじゃないって！　子供じゃないん……」

そこまで言って止めた。私はまだまだ子供だ。親を困らせてばかりの、どうしようもない子供だ。

「冷めちゃうから、早く降りてきてね」

母は私の言葉を最後まで聞かずに降りて行った。きっとまた私の好物がカレーだと思い込んだまま、これからも何度も作るだろう。


——ガチャ。

勇気を出してリビングに降りた。ドアを開けた瞬間、緊張が走ったのが分かった。ソファでニュース番組を見ていた父が、ぎこちなく脚を組み替え、座り直した。キッチンにいる母は、慌てて私から目を逸らして、何を思ったか、冷蔵庫を掃除し始めた。

「結衣ちゃん。カレー食べる？」

古くなった野菜をゴミ箱に投げ捨てながら、母が言った。

「……うん」

いや、違う。本当はすぐ土下座をするつもりだった。このぎこちない空気につられて、またこっちまでおかしなことになってしまった。

「結衣ちゃんは、どれくらい、食べるかな？　これくらいかな？」

母が無理に明るいトーンで独り言を言いながらご飯をよそっている。家族と話す時の声ではなく、道端で他人と話す時の、よそ行きの声のトーンだ。この一週間で、私は他人に近くなってしまったのだと思った。

「ふん、ふん、ふん、ふふふふ、ふん……」

父が突然、童謡をハミングし始めた。歌声なんて初めて聴いた。あからさまにシリアスな空気になるのを避けようとしているのが伝わってくる。

「はい、大好きなカレーよ」

いつものテーブルのいつもの席に座った私の前に、好きでも何でもないカレーが置かれた。一口食べた瞬間、涙が出た。世界一美味しいと思った。

「まったく、トランプ政権は大丈夫なのかよ」

父が誰かに話しかけている。私だろうか、母だろうか。あるいは独り言だろうか。お互いに牽制し合ったまま、時間だけが流れた。父は無理にいつもの調子を演じようとしているのだろう。でも、平日の夕方に家にいる父など初めて見たから、何をされたところで、私には不自然にしか見えない。

「うわ、これもダメ、腐ってる。これも」

母が再び冷蔵庫を開けて、腐った野菜を捨て始めた。私に食べさせるために用意していたものかもしれないと思うと、母を直視できなかった。

「結衣。いっぱい食べるんだぞ」

キッチンにビールを取りに来た父が、通りがけに私の肩を軽く叩いた。

「触んないで！」

反射的に叫んでしまった。今回の彼氏の一件で、中年男性に対する明らかな嫌悪感が自分の中に生まれているようだ。

「は、は、ははは……」

父が悲しい目で引きつった笑顔をしている。違う！　違うの！　ごめんね、お父さん！心の中ではこんなに反省してるのに、素直な言葉がどうしても口から出てこないの。謝らなきゃ！


——謝らなければ……！

私が家に帰るのは一週間ぶりだった。私は二十歳の水商売の女と不倫していた。すっかり熱をあげて、別宅まで借りて住まわせていたのだが、昨晩、その別宅に行くと、中はもぬけの殻で、家財道具ごと女が姿を消していた。後から分かったのだが、その女の妹は娘の同級生なのだという。もしかしたら、娘は同級生から聞かされて、このことを知っているのかもしれない。さっきの「触んないで！」はそういう意味合いを孕んだ強さに聞こえた。

——どうしよう。早く謝らなくちゃ。

私は夫の不倫に以前から勘付いていた。相手が娘ほど歳の離れた水商売の女だということも。だから、なおさら娘の彼氏のことが許せなかった。そして一週間前、私は家族に何も告げず実家へ帰った。離婚を覚悟していたけど、心のどこかでは、これを機に夫が改心してくれることも期待していた。だけど、何日経っても夫からも娘からもまったく連絡は来なかった。その寂しさと虚しさは徐々に私の心をリセットしていった。今まで当たり散らしてばかりいた自分を反省して、家族から必要とされる、ちゃんとした母になろう。もう一度ゼロからやり直そう。そう決意して家に帰って来た。

——ごめん……。ごめんよ……。ごめんなさい……。

三人とも、ちゃんと謝りたいと思ってはいるのだが、「誰も自分の家出を責めないのは相手がもう許してくれてるからなんじゃないか」「今さらわざわざ言い出さなくてもいいんじゃないか」という甘えも働いて、なかなか切り出せない。

まさか、このまま三人ともなんとなく謝りそびれて、〝空白の一週間〟に触れないまま、家族仲良く一生を過ごすことになるとは、今はまだ誰も知る由もない。

面接

「次の方どうぞ」

「はい」

リクルートスーツの襟を正して、背筋を伸ばし、ドアをノックした。

「お入りください」

「失礼します」

部屋に入ると面接官が一人テーブルの向こうに座っていた。

「山本栄一郎です。よろしくお願いします」

椅子の脇に立ち、面接官の目を真っ直ぐ見て、滑舌よく伝えた。言い終えた瞬間に口を「イ」と発音する時の形にして口角を上げ、自然な笑顔を作ることも忘れない。第一印象の大切さは、角田新書から出ているベストセラー『第一印象ですべてが決まる』で学習済みだ。初対面の会話においては、内容よりも印象の方が重要だとその本に書かれていた。

「どうぞお掛けください」

面接官は五十歳くらいだろうか。白髪まじりの清潔感のあるヘアスタイル、やせ形で、目元にやさしげな笑みを湛えている。私の挨拶を見るなり、履歴書に何か書き込んだ。

「では、自己紹介をお願いします」

面接官が鼻の頭を軽く掻きながら言った。今だ。すかさず私も鼻の頭を掻いた。これは海山文庫から出ている『明日からあなたも〝人たらし〟になれる心理学』で学んだミラー効果という手法だ。人は同じタイミングで同じ動作をする相手に対して自然に好意を持つようになるのだという。

「私の長所は、失敗をしたことがない、ということです」

面接官が目を丸くした後、微笑んで、履歴書に何かを書き込んだ。

「なんと。あなたは一度も失敗をしたことがないのですか」

面接官がからかうような口調で訊ねた。しかし、これも予定通りだ。フェニックス新書の『言葉の力〜誰も教えてくれない魔法の会話術〜』に出て来るインパクト話法を用いたのだ。最初に強烈なインパクトの言葉を持って来ることで、相手の興味を一気にこちらに引き込むのだ。

「はい。私は、人生というのはプルバックで走るおもちゃの車と同じだと思っています。後ろに下がってこそ、前に進める。その意味で、私は失敗を失敗だと思ったことがありません。失敗をうじうじ悔やんで後ろを向くか、それとも明日の教訓と捉えて前へ歩き出すかで、人生は大きく変わって来ます。大切なのは失敗をしないように生きることではなく、成功しなかった原因からどれだけ多くを学べるかだと、私は思っています」

適度に比喩と身振り手振りを混ぜながら、自信を持って一息で言い切った。これは東京ビジネス新書から出ている『一流に見せる会話術』で学んだ。人を引き込むスピーチをするには、相手が求めている人間像を演じる演技力がいちばん大事なのだ。しかし演じることに没頭してはならず、常に相手の表情の変化に敏感でいなくてはならない。その瞬間瞬間に求められている人間像というのは、会話の流れに合わせて刻々と変わり続けているのだ。

「ん、なるほど」

面接官が浮かない表情で履歴書に何かを書き込んだ。小さく首を傾げている。しまった。相手が求めているのは、こんな優等生コメントではなかったのかもしれない。

「はい。では、自分の短所は、何だと思いますか」

面接官が前髪を撫でたので、私もそれに合わせて前髪を撫でてから喋り出した。好意を持って欲しい。

「長所は短所の裏返しとも言いますから、短所はご覧の通り、すこし自己主張が強すぎるところ、ではないかと思います」

口角を上げて、明るい声で言った。ネガティブな話ほど、明るく言うべきである。江川文庫の『暗い人だと思われないために』で読んだことがある。

「ははは。面白いね、君は。自分がよく分かっている」

面接官が褒めているとも嫌味ともとれる笑い方をした。どっちだ。気をつけろ。こういった褒め言葉こそが一番返答が難しく、性格が出てしまうのだ。

「いえ、そんな……」

首を横に振って言葉尻をぼやかして俯く。これはABC新書から出ている『本性はかならず仕草に出ている』で学んだ。褒め言葉に対して、「ありがとうございます」などと言って、まったく謙遜しないのは危険だ。だからと言って「そんなことありませんよ、私なんて、この間もこんなことがあって……」などと自分を卑下したエピソードを長々と話してしまっても、相手には印象が悪い。つまり、いかなる褒め言葉も、なるべく曖昧に素早く処理するに越したことはないのだ。

「では、志望動機を教えて下さい」

面接官がまた何かを書き込みながら言った。

「私事ですが……四年前に父が脳卒中で他界して、その時、健康の大切さ、命の尊さについて改めて考えさせられました。〝元気があれば何でも出来る〟とは、アントニオ猪木さんの有名な言葉ですが、私も健康こそが一番の宝物だと考えます。一人でも多くの人の健康の手助けをしたいと思い、オーガニックレストランチェーンのパイオニアである御社を希望します」

暗い話の最中に意外なタイミングでキャッチーな言葉を混ぜると、言葉のコントラストが強まって相手に強いインパクトを残すことが出来る。これは岩川書房の『話し方が9割5分』に書いてあった。会話において伝え方と伝わり方は似て非なるもので、特にこういう面接のような親しくない者同士が話す場では、〝伝え方〟ではなく、〝伝わり方〟のほうが何倍も重要なのである。

「似てないね」

「はい？」

面接官の顔を覗き込んだ。

「さっきのアントニオ猪木。似てないね」

面接官が残念そうに眉間に皺を寄せている。この人は何を言っているのだ。言葉の意味が分からなくて一瞬ひるんだが、すぐに我に返った。これくらいで動揺してはならない。おそらく面接官は私が想定外の出来事にどれくらい臨機応変に対応出来るかを試しているのだ。しかも、この会社は若者に人気のレストランチェーンである。これくらいのユーモアにフランクに乗っかれるくらいの明るい人間性を求めているのだろう。東海経済新書の『ノリの悪い人間は出世しない』という本にも書いてあった。会社は個人プレーではない。チームプレーだ。チームにとって、ノリはとても大事だ。私は笑顔で椅子から立ち上がり、全力で顎をしゃくり、両手を体の脇で力強く振って叫んだ。

「元気があれば、何でも出来る！」

しかし面接官は相変わらず渋い顔をしている。

「んー、他は？」

「えっ……何ですか？」

「ん〜、ほかに〜、え〜、しゅん、モノマネは〜、何が出来ますか」

面接官が古畑任三郎のモノマネをした。しかも意外とクオリティが高い。突然のことに驚いて、また一瞬ひるんでしまった。ノリの良さをアピールするはずが、次第に会話がぎくしゃくし始めている。これはまずい。しかしモノマネなどしたことがない。先刻のアントニオ猪木だって決死の覚悟でやったのだ。とはいえ、ここで「出来ない」と言ってしまったら負けだ。〝ノリの悪い人間は出世しない〟のだから。

「出来ます、出来ます、えー、こんばんは、森、進一です」

鳥のように顔を歪めて、精一杯のハスキーボイスを絞り出した。喉が焼けるほど痛い。

「え？　あなた、森さんですか？　山本さん、山本栄一郎さんですよね」

面接官がとぼけた顔で履歴書の名前を指でなぞって確認する仕草をした。先の見えないこの劣悪なコントで、面接官が何を求めているのかもはや分からない。どっちだ。どう答えるのが正解なのだ……。

「……はい、山本です」

一か八かでモノマネを止めて素の自分で返事をすると、しーんと場の空気が張りつめた。

「あ、いや、嘘です……。森です。森進一です」

慌ててハスキーボイスに戻したが、遅かった。面接官が無表情で履歴書に何かを書き込んだ。しまった。何ということだ。日の出書房の『会社は素のあなたに興味がない』を読んで来たはずなのに。素を見せることはビジネスの世界では相手に弱みを見せることと等しい。最も基本的なミスを犯してしまった。

「はい。では、山本さん。何か趣味はありますか」

面接官が仕切り直すようなトーンで次の質問を投げかける。落ち着け。落ち着け。こんな時は、アーバンメディア出版の『動揺したときに自分を取り戻す100の方法』を思い出すんだ。そこに書かれていた、科学的に正しい深呼吸法を試みる。小刻みに五回息を吐き、そのあと肺が空になるまでふーっと息を吐き切る。最後の息が面接官の顔にふわっとかかった。次の瞬間、また履歴書に何か書き込み始めた。まずい。機嫌を損ねただろうか。

「ええと……昔から走ることは好きですが、最近の趣味は料理です。昔から医食同源と言います。健康に興味を持つということは、食べることに興味を持つことだと考えます。休みの日などは、朝から鶏ガラと野菜を煮込んでスープを作り、チャーシューを煮て、麺も打って、自宅でゼロからラーメンを作ることもあります」

「やってみてもらえますか」

「はい？」

「ラーメンを作るところを。エアーで」

「エアーで？」

「よーい、はい！　ここは厨房です」

面接官がパンと手を叩いた。

「ばん、ばん、ばん。これ、これ……」

慌ててスーツの袖を捲り、空中で麺をこねる仕草をした。分からない。面接でこんなことをする意味が分からない。だが、彼の要求を断ってしまったら、おそらく負けなのだ。メディアフロンティア社の『想像力がない人間に未来はない』に書かれていたことを思い出して、想像力を奮い立たせ、必死に見えないラーメンを作る。

「ほら、君、スープ。スープ。煮立ってる。あくを取らないと」

「あ……。はい」

スープも煮ていたとは知らなかった。慌てて面接官の指示通りに、見えないコンロの前に移動し、見えない寸胴鍋をかき混ぜながらあくを取る。

「よし、いいぞ。次はどうする？」

「はい、次は、麺を手動のパスタマシンで切ります」

板状に伸ばした見えない麺の塊をパスタマシンに入れて、見えないハンドルを回した。

「よし、茹でちゃおう、そのまま茹でちゃおう」

「はい！」

湯の中に麵をほぐして放つ。ちらと面接官を見ると、満足そうに頷いている。

「あ、麵、かためでね」

「はい！」

いつの間にかこのやりとりで何を求められているのかを考える余裕も消えて、ただただ要求に応えている自分がいた。スープを注ぎ、切った具を並べて、見えないどんぶりを面接官に手渡した。

「お待ちどうさまです！」

「はい、ありがとう」

面接官が二本のボールペンを箸に見立てて、麵を啜った。すぐに味を訊ねたくなったが、ふと読切新聞社の『料理を出してすぐに味を聞く人は嫌われる』を思い出して、言葉を飲み込んだ。

「うん、うまい。これは素人の味じゃないなあ」

「ありがとうございます！」

「どこかのラーメン屋で働いていたの？」

「いいえ、いろんな店を食べ歩いた結果の独学の味です」

「へえ、凄いね。舌で味を盗めるなんて」

「昔から、絶対味覚って言うんですかね。ほら、絶対音感の人っているじゃないですか。あれの味覚版っていうか、食べた味を再現するの、得意なんですよ」

言った瞬間、後悔した。しまった。褒められたのに謙遜し忘れて、しかも地元の先輩と話すような馴れ馴れしい敬語で話してしまった。今の会話は自慢と捉えられただろうか。

面接官がまた何かを履歴書に書き込んだ。

「はい。面接は以上です。ごちそうさま」

面接官が見えないどんぶりを返した。


――パチパチパチパチ。

「いやあ、なかなか個性的な面接でしたな」

二人の面接のやりとりを部屋の隅から見ていた老人が拍手をしながら立ち上がった。

「個性的でしたか。しかし、これが僕のやり方なのですが」

面接官も立ち上がり、老人に歩み寄った。

「一見したところかなり無茶苦茶な面接だったが、君はこれで本当に分かったのかね」

「はい。大丈夫だと思います」

「そうか。では、わしがこの学生に事前に読んで来るよう指示した本を答えてみなさい」

面接官はテーブルの上から履歴書を手に取り、面接中に書き込んでいた文字を読み上げた。

「角田新書『第一印象ですべてが決まる』、海山文庫『明日からあなたも〝人たらし〟になれる心理学』、フェニックス新書『言葉の力〜誰も教えてくれない魔法の会話術〜』、東京ビジネス新書『一流に見せる会話術』、江川文庫『暗い人だと思われないために』、ABC新書『本性はかならず仕草に出ている』、岩川書房『話し方が9割5分』、東海経済新書『ノリの悪い人間は出世しない』、日の出書房『会社は素のあなたに興味がない』、アーバンメディア出版『動揺したときに自分を取り戻す100の方法』、メディアフロンティア社『想像力がない人間に未来はない』、読切新聞社の『料理を出してすぐに味を聞く人は嫌われる』ではないでしょうか」

「素晴らしい！　すべて正解だ」

「ありがとうございます」

面接官と老人が笑顔で握手をした。

「最近は妙なタイトルのビジネス書を、ちょろちょろっと読んで〝デキる男〟になったつもりの若者が多すぎる。そんな男に限って実際はまるで使い物にならん。餅は餅屋だ。今年の入社試験の面接官はプロを雇うことにしよう。君にぜひ今年度の採用試験の面接官をお願いしたい」

「かしこまりました」

面接官が恭しく頭を下げると、老人が満足げな表情で部屋を出て行った。バタンと閉じたドアには〝面接官面接会場〟と書かれた紙が貼られていた。

手紙

〝ごめんなさい。もう待てません。今すぐ答えを出して下さい〟

便箋に一行だけ書いて、メイは封筒を閉じた。きっとこれだけで分かってくれる。胸の奥にずっと仕舞っていた言葉を吐き出して、心が少し軽くなった気がした。もしかしたらこれですべてが終わってしまうかもしれない。家族に見られてしまうかもしれない。でもそれならそれでいいと思った。深呼吸を一つして、この決意が気まぐれなんかじゃないと自分に言い聞かせた。

社員名簿を調べて相手の住所を封筒に記した。何度この住所まで行って、窓の明かりを見つめただろう。宛名を書く手が震え、頬が紅潮していくのが分かった。こらえていた涙が一粒こぼれた。それは一枚の切手を貼るには十分な量の水分だった。


「ただいま。郵便受け、いっぱい入ってたぞ」

夕刻、仕事から帰った夫が郵便物や広告の束をテーブルの上にどさっと投げた。

「おかえりなさーい。ごめん、今日郵便受け開けるの忘れてたわ」

洗濯物を取り込んでいた妻がベランダから現れた。

「ふう、疲れた。それにしても、今日も暑かったなあ」

夫はソファに体を投げ出して、ネクタイを緩め、腕時計と指輪を外した。毎日の営業の外回りで真っ黒に灼けた肌。左の手首と薬指に白い輪が現れた。

テーブルに置いた郵便物の一番上に可愛らしい淡い小花柄の封筒が見えた。

——これは……。

間違いない。メイの字だ。彼女は会社の事務をしているので、その文字には、見覚えがあった。

メイは二十九歳でバツイチ、四歳の息子がいる。色白で顔も性格も地味なタイプだが、不思議な色気がある。会社の飲み会で深い仲になって以来、二年以上も不倫関係にあった。

「どうしたの。あなた、顔色悪いわよ」

妻が洗濯物を畳みながら言った。

「いや、何でもない。ちょっと、仕事を思い出した」

郵便物の山から手紙を取って上着の内ポケットに入れた。その場を去ろうと、立ち上がった瞬間だった。

「待って！」

背中に妻の鋭い声が突き刺さった。

「ん？」

首だけで振り返った。表情がこわばっているのが自分でも分かる。

「今、何かポケットに仕舞わなかった？」

「何も？」

上着を押さえる手に力が入る。

「ちょっと、こっち来て」

「何でだよ」

ぐっと生唾を飲み込んだ。ダメだ、絶対に戻ってはいけない。

「こっちに来て！」

「何だよ、大事な仕事を思い出したんだ。後にしてくれよ」

「待って！」

歩き出したとたん、背中に妻の気配が近づいて来る。まずい。どうする、どうする！

わあああ！

——ぐしゃっ！　ごくん！

咄嗟に手紙を丸めて飲み込んだ。

「ねえ、今隠したやつ、見せて！」

「何のことだよ……？　ごほっ、ごほっ！」

満面の作り笑いで振り返った。むせて涙が出た。激痛を伴いながら、異物がゆっくりと食道を通過していくのが分かる。

「あなた、何、泣いてんの」

「ちょっとむせただけだよ……」

妻が腹の辺りをばしばしと叩く。おかしいなあ、とつぶやきながら執拗なボディチェックがしばらく続き、身ぐるみ剝がされてほぼ裸になったところで、ようやく無実は認められた。

「おかしいなあ……」

「言っただろ、何も隠してないって」

夫は自室へ入り、慌てて喉に指を突っ込んだ。しかし、出てくるのは胃液ばかりで、とうとう手紙は戻って来なかった。

——いったい何の手紙だったんだろう……。

翌日、朝から仕事がまったく手に付かなかった。メールもSNSもあるこの時代に、最も家族に見られる危険性の高い〝手紙〟という手段を、なぜ彼女はわざわざ選択したのか。彼女の狂気を感じずにはいられない。

——この関係は早く終わりにしなければ……。

退社時刻が過ぎている。メイのデスクの方を見ると、目が合った。一日中、避けていたせいか、彼女は切ない目で見つめ返して来た。ダメだ、あの目で見られたら何も言えなくなってしまう。

引き出しから便箋を取り出してペンを取った。慎重に言葉を選んで別れの短い手紙を書いた。封筒に入れて、深呼吸をして立ち上がった。

「おつかれさまでした。お先に失礼します」

「おう」

「ああ、おつかれさん」

仲間たちの事務的な返事の中、メイのデスクに向かって歩き出す。

「この書類、よろしくね」

通り掛けにメイのデスクの上に手紙を置いた。振り返ったら負けだ。今も、きっと彼女はあの目で、真っ直ぐこちらの背中を見つめているに違いない。

——返事が、来た……。

女子トイレの個室で、メイは手紙を手に立ち尽くしていた。

怖い。開けるのが怖い。彼に手紙を出して以来、ずっと後悔していた。あんなことするんじゃなかった。私は何て馬鹿なんだろう。結論を焦らずに、このまま関係を続けていたら、幸せな未来が待っていたかもしれないのに。でも、まだ可能性はゼロじゃない。ゼロじゃない。

〝妻とは必ず別れる。だから、もう少しだけ待ってくれ〟

そう書いてある。この手紙には、そう書いてある。絶対に。絶対に！　強く念じながら、ゆっくり封を開けていく。

紙の破ける無機質な音が誰もいないトイレに響いた。中には三つに折られた紙が一枚入っていた。だが、手が震えて、どうしてもその便箋を取り出せない。怖い。結果を知るのが怖い。どうしよう、どうしよう、どうしよう。ああああああ！

――ぐしゃっ！　ごくん！

衝動的に便箋を丸めて飲み込んでしまった。ごほっ。ごほっ。むせた。涙が溢れた。真っ白い肌を紅潮させて、メイは涙が涸れるまでトイレの中で泣き続けた。

しろやぎさんから　おてがみついた
くろやぎさんたら　よまずにたべた
しかたがないので　おてがみかいた
さっきのてがみの　ごようじなあに

「今日ね、子供たちと〝やぎさんゆうびん〟のお歌を歌ってたらね、お迎えに来た、ハルくんのお母さんがね……」

夜、散らかった保育園の園舎を片付けながら、保育士たちが雑談している。

「突然泣き出したのよ。私、びっくりしちゃって。お母さん、どうしたんですか？　って聞いたら、焦点の定まらない目で、このシロヤギさんとクロヤギさんは、絶対に不倫してる、不倫してる……ってぶつぶつ言い出したの。怖くない？」

「怖いですね、それ……」

「あれ？　これ。ハルくんの忘れ物じゃないかしら」

廊下の隅に小さな帽子が落ちていた。

「そうですね。私、電話しておきますね」

保育士が園児名簿を開いて、保護者欄の〝八木メイ〟の電話番号を押した。

記者会見

「発表します。新社名は〝ナガモチ・エレクトロニクス〟です」

　バーンという大げさな効果音とともに壇上の幕が落ち、洒落た筆記体のフォントで〝Nagamochi〟と書かれた新社名のロゴが現れた。そのロゴと似つかわしくないバーコード・ヘアで小太りの社長が、汗を拭きながらステージ上で得意満面にガッツポーズを決めると、集まった記者たちから一斉にフラッシュが光った。しばらく笑顔でポーズをとった後、社長がマイクを持って喋り出した。

「かねてから我が社の製品は壊れやすい、壊れやすいと言われ続けて参りました。そのネガティブなイメージを断ち切る意味で、心機一転ナガモチ・エレクトロニクスとして生まれ変わります。ガハハハ」

　社長の自虐的なスピーチに記者たちから失笑が漏れた。冷蔵庫や洗濯機といった白物家電を主に扱う、安さだけが取り柄のこの老舗の電機メーカーは、近年著しく業績を落としていた。ネットの口コミサイトが流行したせいかもしれない。どのサイトにも、すぐ壊れる、修理の対応が悪い、といった苦情の書き込みが目立った。

「そして、わたくし自身も今日から改名致します！　ほい！　よいしょ！」

スクリーンに社長の名刺が大きく映し出された。

「よろしくお願いします。わたくし、社長の長持保、ながもちたもつです！」

会場内が静まり返っている。記者たちは互いに顔を見合わせて失笑している。冴えない中年男がメディアの注目を浴びてはしゃいでいる姿には痛々しさすら漂っていた。

「ではここで質疑応答に移らせて頂きます。記者の皆様、ご質問がございましたら、挙手をお願い致します。はい。そちらのかた」

ステージ脇から司会の女性がひとりの記者を指した。

「月刊家電マガジンです。今回は社名変更と社長の改名の発表のみ、ということでよろしいんでしょうか？　新たな看板商品など、御座いましたらお聞かせ願えますか」

記者が事務的な口調で訊ねた。

「そうですね、今回、新しい看板商品というのは特にありませんね。私どもは、これまで通り、誠心誠意、良い製品を作るだけですな。ガハハハ」

会場の失笑のボリュームが上がった。質問した記者も軽く吹き出した後、ニヤニヤしながら言葉を続けた。

「そうですか……。壊れやすいという悪評を断ち切る手段として〝ナガモチ〟に改名した。それだけ、ということでよろしいでしょうか？」

「ええ。そうです、そうです。社名もナガモチ、私もナガモチ。皆様、今後ともどうぞよろしくお願いします！　ガハハハ」

昭和を生き抜いて来た団塊の世代特有のイヤらしい笑い方が不快感を煽る。記者たちの私語で会場がざわつき始めた。

「皆様、質問は挙手でお願い致します！」

司会の女性が声を荒らげた。

「はい。では、次こちらのかた」

ひときわ真剣な眼差しで最前列に座っていた記者が指された。

「東京経済新聞です。ナガモチ・エレクトロニクスさんは、近年の経営不振の原因は何だとお考えですか」

「原因？　それは皆さんの方がよくお分かりでしょう。ねえ？　すぐ壊れるって、皆さんがそういう余計なことをあちこちで書くから、我々の売り上げが落ちるんでしょうが。ガハハハ」

社長の身も蓋もない答弁に会場から爆笑が起こった。それに社長が手を振って応えると、笑い声はさらに大きさを増した。

「ふざけないでください。私たちは真実を記事にしているだけです。余計なことなど書いてはいません。あなた方には、消費者に満足してもらえるように技術を向上させようという意欲はないんですか？」

「とんでもない！　私たちは研究に研究を重ねた結果、高い技術力で、保証期間が切れる頃に〝ちゃんと〟壊れるように、製品を作っているのです。ガハハハ。確かに、皆さんはそれを企業努力だとは思わないでしょう。しかし、壊れるように作っているのは我が社だけじゃない。どのメーカーも一緒ですよ。同じ冷蔵庫を何十年も使われてごらんなさい。そんなことでは家電メーカーはみんな潰れてしまいます。ガハハハ」

　会場のざわめきはピークに達し、会場のあちこちから「いいぞ！」「よく言った！」と冷やかしの野次が上がり始めた。記者は深呼吸をひとつして冷静に質問を続けた。

「では、ナガモチ・エレクトロニクスさんは、これからもこれまでと同じく壊れやすい商品を作っていくということですね？」

「はい。そうなりますな」

　再び爆笑が起こると、社長もまた笑顔で手を振って応えた。

「社名をナガモチに変えたのに、ですか？」

「はい」

「社長、あなたは消費者をバカにしているんですか？」

「いえ、バカになどしていません。真剣に誠心誠意答えています。それに、これからはちゃんと壊れないものも作りますから。ガハハハ」

「……どういうことですか？」

記者が首をかしげた。

「ガハハハ。どういうことかと申しますと、私どもは業界初の〝キャッシュバック制度〟を導入することに致しました」

「キャッシュバック制度？」

一瞬静まった会場にも、見えない巨大なクエスチョンマークが浮かんでいた。

「ええ。我々も商売ですから、みなさんに出来るだけ買い替えてもらわねば、儲けがありません。ですから私どもは、これまで通り保証期間が切れる頃にピタッと壊れるよう製品を作ります。でも、それでは消費者の皆さんは納得してくれない。そこで、我が社は高い技術力を生かして、これからは壊れない製品も一定の割合で混ぜて作ることにしました。まあ、ちょっとした宝くじみたいなもの、と言いましょうか。ガハハハ」

「宝くじみたいなもの……？」

記者が繰り返すと、社長が笑いながら続けた。

「ええ。たとえば冷蔵庫なら、買って頂いた商品が十年間壊れずに使えたら十万円お返しします、十五年間壊れなければ十五万円、二十年なら二十万円お返ししますといった制度です。三十年使っても壊れなかったら、三十万円お返しします。つまり、壊れない製品に当たったお客様は使えば使うほど得をする訳です。もちろん、ハズレの製品だってこれまで通り、保証期間内は問題なく使えることは約束します」

予想もしていなかった展開に、会場を包んでいた罵声は一転、感嘆の声に変わった。

「どれくらいの割合で当たるんですか？」

「そうですね、例えば冷蔵庫なら全体の一割から二割くらいでしょうかね。どうです？宝くじよりもうんと当たる確率が高いでしょう？」

「はあ……」

その後も質疑応答は続いたが、社長の淀みない物言いに記者たちは惹きつけられ、気づけば形勢は逆転して、賞賛のコメントが会場を飛び交っていた。

「はい、他に質問はございませんか。では、以上で記者会見は終了とさせて頂きます。冷蔵庫、洗濯機、掃除機それぞれの製品に応じたキャッシュバック額と年数の相関関係を表にしたものを当社のホームページにアップ致しますので、詳しくはそちらをご参照くださ い。今後ともナガモチ・エレクトロニクスをよろしくお願い致します。本日はありがとうございました」

翌日のニュースや新聞でこの衝撃的な新制度は大々的に報じられた。業界のタブーに踏み込んだ社長の長持保の挑戦は、時代の革命児として注目を集めた。


——コンコン。

「入りなさい」

「はい、失礼します」

東京の街を隅まで見下ろせる自社ビルの社長室を営業部長が訪ねて来た。

「どうだね、今月の売り上げは」

社長の長持保が笑って訊ねた。

「売り上げからキャッシュバック総額を引いた利益率が、先月比でまた約三パーセント伸びています」

「そうか、そうか」

相変わらず他社は新機能の開発に勤しんでいる。しかし、複雑な機能を搭載すればするほど電化製品は高額かつ壊れやすくなってしまう宿命にある。ナガモチ・エレクトロニクスの製品は基本機能しかないため製品価格が安く抑えられていて、その上、キャッシュバック制度がある。改名から二十五年。洗濯機はもちろん、テレビ、エアコンに至るまで、各家庭のほとんどの家電はナガモチ・エレクトロニクス製になっていた。

「先月発売した十年ぶりの新作洗濯機の売り上げも好調です」

「そうか、そうか」

「商品名をストレートに〝ザ・洗濯機〟にしたのもインパクトがあったようで」

「そうだろう、そうだろう。洗濯機など汚れが落ちればいいのだ。使いもしない余計なハイテク機能がついているよりも、汚れが落ちて、節水できて、価格が安ければそれでいい、というのが消費者の本音なのだから」

「社長のアイデアには脱帽です。このシンプルな開発理念とキャッシュバック制度によって、我が社の高い技術力と遊び心を同時にアピール出来た訳ですから」

「私は何もしとらんよ。ガハハハ……」

窓の外を見下ろしながら謙遜するように社長が背中で笑った。歳のせいか、笑い声にかつての豪快さはない。

「しかしですね、社長……」

「どうした?」

「近頃おかしなことが起きておりまして」

「何だ?」

「ええ……。これは、すべての製品に言えるのですが、ちょっとこのデータをご覧ください。例えば我が社の洗濯機の長持ち製品混合率は二割程度のはずですが、ある時からこの割合が徐々に上がっていて、先月はなんと四割程度と、倍近くまで上がっているのです」

営業部長が書類のグラフを指しながら社長に歩み寄った。

「それのどこがおかしいんだ?」

社長が微笑んだまま振り返った。

「えっ？」

「君。この世に壊れない製品などあると思うか？」

「……と、言いますと？」

「形あるものは必ず壊れる。まして、昔からどんなに頑張って製品を作っても壊れやすいと言われ続けた我が社だ。今も昔も我々には、そんな高い技術力などありゃしないよ。ガハハハ。二十五年前も、現在も、我が社が作っているのはいつ壊れてもおかしくない〝普通の〟製品ばかりだよ」

一瞬の沈黙が流れた。

「……でも社長。実際に長持ちする製品が混じっているじゃないですか」

「それは、自分が当たっているかもしれないと思って皆が慎重に製品を扱っているだけのことだ。だから、いつも言っとるだろう、私は何もしとらん、と」

「本当ですか、社長」

「ああ、全部、本当だ。ガハハハ……」

社長が自嘲気味に笑うと、営業部長もつられて笑った。

「これでよかったのか、時々私も分からなくなるよ。新機能のアイデアも何ひとつ浮かばない。何もしていないのに、東京の一等地にこんな自社ビルが建ってしまったんだから。ガハハハ……」

東京の街が夕日に照らされてオレンジ色に染まっている。この景色も四半世紀の間にすっかり変わってしまった。

今日もどこかでビルが壊され、新しいビルが建てられている。どこかでは誰かが地球を汚すな資源を大切にしろと叫び、またどこかでは誰かが景気が悪いからもっと消費をしろと騒ぎ立てている。そんな時代の歪みを食い物にして、文字通りモンスター企業となった〝ナガモチ・エレクトロニクス〟はこの先もどんどん成長していくに違いない。

招き猫

「いらぁあっしゃいませぇえい。お好きな席にどぉぞぉ。はあい、特製琥珀塩らーめん頂きましたぁああ」

ぎらぎらとした笑顔で店主の男が客から食券を受け取ると、さも繁盛店のように威勢良く声を張り上げた。

だが、店員はこの男ひとりしかいない。誰からの返事もないまま男がらーめんを作り始めた。

「麺入りまぁああす」

しんと静まり返った狭い店内に実況が虚しく響く。客のほうは仕事帰りのサラリーマンだろうか。スーツの襟元のネクタイを緩めながら、漫画雑誌を読んでいる。

「スープ入りまぁあす」

店主の男が寸胴鍋になみなみと入ったスープをひとさじ掬い、どんぶりに注いだ。いったいあと何人分のスープが残っているのだろう。外はもうすっかり夕暮れだというのに、ランチタイムから休まず営業して、ようやくこれが初めての客だった。

「麺あがりまぁああす」

全然客が来ないから働き手は店主ひとりで十分に足りている。この店に足りないのは売り上げだけだ。オープンして半月。今月の家賃は払えるだろうか。店主の男が三十歳を迎えると同時に脱サラして始めたらーめん稼業は、早くも経営危機に陥っていた。

「お待たせいたぁしましたぁああ。特製琥珀塩らーめんになりまぁあす」

ずずっ。ずずっ。ずーっ。

いかんせん暇なのと、リアクションがものすごく気になるのとで、店主は食べている客を無意識で凝視してしまう。目力がすごい。おかげで客は突き刺さるような無言のプレッシャーの中で食べる羽目になる。

客の男は店主と目も合わせず、逃げるように、麺を半分残して出て行ってしまった。

「……ありがとぅございましたぁあ。またおくぉしくださぁあああい」

がちゃがちゃと器をさげる手つきに悔しさが滲んでいた。どうしてだ。客が残したスープを一口飲み、麺をすすってみる。分からない。何度飲んでみても、何ひとつ欠点のない、美味しいらーめんなのである。

――ドンドンドン。

誰もいないはずの二階から足音がした。

「……泥棒?」

らーめんのスープ作りには膨大な体力と時間を要する。男は古い一軒家を借りて、一階を店舗、二階を寝泊まりするだけの居住スペースに改装し、生活のほとんどをらーめん作りに費やして生活していた。

男は気配を殺してそろりと階段を上り、部屋の中を覗いた。しかし、中には誰もいない。窓が開いていた。吹き込む風でゆらゆらとカーテンが揺れている。そっと窓に歩み寄り、勢い良くカーテンを開けた。

「にゃーあ」

窓のサッシの上に、太った白猫がちょこんと座っていた。破顔一笑、男が猫を抱き上げた。

「なぁんだ、オコメ、お前か」

男は毎日大量に残る白飯にらーめんスープをぶっかけて作ったねこまんまをこの猫にあげていた。白飯で育った真っ白い猫にオコメと名付けて可愛がっていたのだ。

「んにゃぁあん」

猫は人懐っこい鳴き声を上げながら男の顔を見つめた。

「んにゃぁん、にゃぁん」

ムチムチの前足を軽く持ち上げて、くいっと手招きする仕草をした。

「んー。かわいいなあ、オコメ」

男が猫に頬ずりしようとした、そのときである。

「あのー、すみませーん」

店の方から声がした。

「すみませーん。あのー、もうお店、お仕舞いですかぁ？」

「ん？　え？　あ……いらぁあっしゃいませぇえい」

男が慌てて階段を二段三段降りて店の方を覗き込むと、入り口に客がひとり立っていた。

「あの、お店、もう終わりですか？」

「いえ……とんでもない！　ちょ、ちょっと待っててくださいね」

猫を外に追い返そうと、慌てて男は部屋に戻った。

「オコメ。お客さん来たから！　早く出て、出て！」

「んにゃぁん」

猫は逃げる様子もなく、今度は二回、くいっくいっと手招きの仕草をした。すると、また、がらっ。店の入り口が開く音がした。

「お、おっ？　えっ？　あ……いらぁあっしゃいませぇえい」

再び店の方を覗くと、入り口にはさらにふたりの客が増えていた。

「なんだ？　オコメ、お前、招き猫みたいじゃないか！　ははは！」

急いで男は店へと階段を駆け降りた。

「いらぁあああっしゃ……」

半分降りたところで、踵を返して部屋に戻り、猫に向かって指をさした。

「オコメ。お前のおかげでお客さんが来たのかもしれない。よし、お前、今日から好きにこの家に出入りしていいぞ！」

男はあらためて頭の手ぬぐいを締め直し、作務衣の襟を正し、パシパシと二回顔を叩くと、意気揚々と店に降りて行った。

「はぁあい！　いらぁあああっしゃいませぇえい！」

この数分の間に、店の隅の券売機前に短い列が出来ていた。男が初めて目にする光景だった。

「おすすめどれですか？」

「このお店、いつオープンしたんですか？」

「どれくらい待ちますか？」

押し掛けた客たちが口々に店主の男に訊ねる。特製琥珀塩らーめんがおすすめです。半年前くらいですかね。その受け答えも男にとっては初めての経験で、とても幸せなことだった。

「はぁい、お待ちの二名様！　こちらの席へどぉぞぉ！　いぃぃぃいらぁあっしゃいませぇえい！」

男は満面の笑みで大声を張り上げた。

今日も二階からは賑やかな足音が聞こえている。

「いらぁあっしゃいませぇえい。すみません。もう少々おまちくださぁあい、はい、こちらさん、特製琥珀塩らーめん、お待ちぃいい」

二階をオコメに開放して以来、店は客足が途絶えることのない繁盛店になった。テレビ番組でも取り上げられたせいか、昼時には行列が出来て、近隣住民から苦情を受けることもあるくらいだ。

——ドンドンドン。

だが、繁盛したおかげでオコメには少し後ろめたい日々が続いている。毎日あげていた白飯は、雇い始めた大学生のアルバイトたちが賄いで食べ尽くしてしまうため、閉店する頃には何も残っていないのだ。

男は毎晩遅くまで翌日の仕込みや店内の清掃をして、疲れ切って倒れ込むように眠ってしまう。これほどまでにオコメの相手が出来ない日が続くと、もう遊びに来てくれないのではないかと不安になるが、それでも毎日、店に立っていると二階からはオコメの足音が聞こえてくる。

はたして二階でオコメが何をしているのかは分からない。猫の足音が、こんなにも騒々しいものだろうか。しかし、その足音の大きさに比例するように、店に客が押し寄せるのは、紛れもない事実だった。

——ドンドンドン。

「やめてけれ、やめてけれ！」

「出てけにゃあ！　お前のせいで餓え死にするにゃあ！」

——ドンドンドン。

すっかりやせ細った白い野良猫が、殺意をむき出しにして小さな男の子を追い回している。この家に昔から住みついていた座敷わらしだ。

「んにゃあああああ！　こら！　クソガキ！　出てけにゃあ！」

「やめてけれ、やめてけれ！」

この喧嘩が始まってから、どれくらいの月日が経っただろう。座敷わらしは体中に無数の引っ搔き傷を負って血まみれになっている。

「やめてけれぇ！　ここはおいらの家だべ。出てくのはお前の方だべっ」

「ぅるせえええにゃあ！」

座布団を盾にして隠れた座敷わらしに白猫が飛びかかって鋭い爪を振り回すと、座布団の中の白綿が雪のように舞い上がった。

「ひゃっ！　やめてけれぇ！」

「くたばれにゃあああ！」

長らく空き家になっていたこの家で、静かに暮らしていた座敷わらしは、新しく住み始めたやたらと声の大きい店主の男を初めのうちは訝しんでいた。だが、実直な働き者だと分かるや否や、男に大きな幸福を運んで来た。

しかし、それがこの野良猫は気に食わない。エサをもらえず、ガリガリに痩せ細ってしまったその脇腹にはあばら骨のシルエットがくっきりと浮き上がっていた。

「やめてけれ、もう、やめてけれ！　わかった！　もう勘弁してけれ。おいら出ていぐ、もう出ていぐだぁ！」

白猫のために少しだけ開けてある窓の隙間から座敷わらしは外へ逃げ出した。

「二度と帰って来るなにゃあああ！　にゃあああ！」

立ち並ぶ家の屋根から屋根へ、ぴょんぴょんと飛び跳ねながら遠く小さくなってゆく座敷わらしの背中に向かって、白猫が勝ち誇るように雄叫びを上げた。興奮冷めやらぬ様子で部屋の床を蹴って勝利の舞を踊っている。

——ドンドンドンドンドン！

それが二階から聞こえた最後の足音だった。

「んごろにゃあん。ごろにゃあん」

「いやあ、オコメ、それにしてもお前、よく食うなあ」

だらしなくぶよぶよに太った白猫が、店の入り口を塞ぐように這いつくばって、ねこまんまをがっついている。

「なあ、オコメ。ずっとかまってあげられなくてごめんよ。許しておくれ。お前、幸せを呼ぶ、招き猫だったのになあ。おれが悪かったよ。忙しさにかまけて、何もしてあげられなかった。本当にごめんよぉ、機嫌直してくれよ。またお客さん、呼んでくれよ」

今日も店に客はひとりも来なかった。この日、男が発した声はオコメとの会話だけだ。かつての威勢のいい、「いらぁあっしゃいませぇえい！」は、もう何日も口にしていない。

「んごろにゃあん。ごろにゃぁあん」

全部食べ切った猫が、男に向かってくいっくいっと手招きの仕草をして見せた。

「うわぁ、手招きしてくれたなあ、オコメ。ありがとうなあ。お客さん、来るかもなあ」

男が涙を流して有り難がるのが可笑しくて、猫は何度も手招きをして見せた。こうすればエサのおかわりがもらえることも、よく知っているのだ。

朝食

——ぴっぴっぴぴぴ。

遅く起きた土曜の朝。開け放たれたベッドルームの窓から小鳥の声が聞こえた。顔に当たる陽射しの温かさで、目を開けなくても今日がどれだけいい天気かが分かる。

寝惚けたまま広いベッドの上で手をすべらせた。どこまで行っても彼女の姿はなく、微かな温もりが残っているだけだった。キッチンの方から陽気な鼻歌に混じって、カチャカチャと食器のぶつかる音が聞こえる。先に起きた彼女が朝食を作っているのだろう。

それにしても昨日のケンカはひどかった。もう別れようと思ったのだが、この陽気な鼻歌を聞く限り、どうやら彼女にその気はないようだ。

「ふざけんなよ！　なんだよ、このダサいカーテンは」

「ダサい？　かわいいじゃない！」

昨晩、仕事から帰ると、リビングのカーテンがド派手なピンクの花柄に替わっていた。

「勝手に替えるなよ！　ここはおれの家でもあるんだから！」

「あなたのセンスに任せていたら、部屋が真っ黒になっちゃう！」

「そのほうが落ち着いてて、格好いいだろ！」

同棲を始めて気づいたのだが、互いのインテリアの趣味は正反対だった。おれはシックで無機質なデザインが好みなのに対して、彼女が持ち込んだ家具はすべてぶりぶりの少女趣味だったのだ。

間を取る形で仕方なく互いの家具を混在させていたが、そんな中途半端な譲り合いで出来上がった空間が居心地良いはずもなく、そこに居るだけで互いに苛々してしまい、些細なことでケンカが始まるという悪循環が生まれていた。

「なあ、どう考えてもおかしいだろ？　この黒革のソファの脇にド派手なピンクの花柄は」

「おかしいわよ。だからソファも替えるの。見て。かわいいのを見つけたの！」

彼女が笑顔でスマホの画面に指をすべらせて、通販サイトのページを開いた。画面にハートの形をした真っ赤な二人掛けソファが映し出された。

「はあ？　絶対こんなもん置かせないからな！」

「ここは私の家でもあるのよ？　こんな暗い部屋にいたら鬱になっちゃう！」

「ちょっとは鬱になって大人しくなってくれた方がいいけどな！」

「私がうるさい？　目に入るもの全部に、いちいち文句つけて来るのはそっちでしょ！」

「ああ、もう、きーきーきーきー、うるせえなあ」

「あなたが怒らせるからでしょ！」

彼女がソファの上にあったくまのぬいぐるみを投げつけた。

ダイニングテーブルの上に昨日までは家になかったはずのキャラクターものの食器が見えた。夕食が盛られてラップが掛けられている。

「おい、なんだよ。その子供っぽい皿は」

「今日買ったのよ。かわいいでしょ？」

「なあ。おれは三十歳過ぎのおっさんだぞ？　こんな皿で食えるかよ」

「食べられるわよ。あなたが持って来た地味な皿に盛ったって、味は一緒なんだから」

「味が一緒なら、今すぐ皿を替えろよ」

「味は一緒だから、そのお皿でいいじゃない」

まただ。毎晩、仕事で疲れて帰って来て、苛々して、くだらないケンカをする。もう限界だ。こんな生活。深い溜め息がこぼれた。

「なあ……。話があるんだ。もう俺たち……」

別れ話を切り出そうとした、その瞬間だった。

――ぴこーん。

テーブルの上に置かれていた彼女のスマホが鳴って震えた。見ると、画面に知らない男の名前と一行のメッセージが表示されている。

〝いま何してる？　会いたい〟

一瞬、時間が止まった。彼女は何気なくスマホを取り上げ、ポケットに仕舞った。

「おい、待て、待て、待て。何だよ、今の」

「何が？」

「今のメッセージ。誰からだよ」

「さあ？　迷惑メールじゃない？」

「じゃあ見せてみろよ」

「何で？」

「何でって、何だよ。男の名前だったぞ」

「そんなことないわよ。見間違いよ」

「見間違いかどうか、見せてみろよ」

「何で見せなきゃならないのよ。そんなことよりソファ、ソファ。ねえ、それとも、これとかどう？」

差し出したスマホの画面に、今度はアンティーク風の安っぽい猫脚ソファが映し出された。さっきのハート型よりはまだマシだが、相変わらず少女趣味がひどい。どこがいいのかまったく理解出来ない。

「かわいくない？　マリー・アントワネットって感じで」

「ああ。お前によくお似合いだよ。マリー・アントワネットも、かなりの浮気性だったらしいしな」

「何よ、その言い方！　私を一方的に悪者扱いして！」

「お前、男いるだろ？」

「は？　何言ってんの？」

「先週、原宿で見たんだよ。偶然。お前が男と歩いてるの」

「……えっ？」

「あの男からなんだろ、さっきのメッセージ」

「はあ？　メッセージ？　男？　何のこと？……あなたの見間違いよ。目が悪くなったんじゃない？」

「目はいいよ。だからさっきの文章も名前もはっきり読めたしな」

「はあ？……っていうか私、最近、原宿なんて行ってないし！」

「お前、いつも原宿のサロンで髪切ってるって言ってたろ？　あの日、ちょっと前髪短くなって髪にツヤが出てたじゃん。あの男とデートする前に前髪切って、トリートメントしたんだろう？」

「髪なんて……。切ってないわ！　髪なんて、切ってないわよ。あなた、私のことなんか何も見てないのね」

「よーく見てるよ！　まさか、髪を切っても気づかないって文句を言う女はいても、髪型が変わったことに気づいたって文句を言う女がいるとはなあ！」

「あなたは目が悪い！　何も見てないの！」

彼女がヒステリックに叫びながら、テーブルの上の買ったばかりの皿を壁に投げつけた。がしゃん！　がしゃん！

「やめろ！　やめろ！」

こうなったらもう彼女は手がつけられない。今度はキッチンから包丁を持ち出して、花柄のカーテンとレザーのソファをずたずたに切り裂き始めた。彼女を押さえ込もうとしたとき、包丁が顔に当たって噴水のように天井まで血が吹き出したところまでは覚えているが、意識が遠退いてそこから先の記憶がない。


「ダーリン、おはよう。起きて。ふふっ。今日はいい天気だよ」

寝室のドアが開く音がして、彼女の明るい声が聞こえた。

「ああ、おはよう」

「朝ご飯作ったのよ。一緒に食べましょう」

「うん、ありがとう」

体を起こそうとした瞬間、頭に激痛が走ってうずくまった。

「もう。ダーリン。何やってるのよー。はい、せーの」

彼女が背中を支えて体を起こしてくれる。

「痛たたた」

「はーい。ダーリン。ちゃんと歩いて下さーい。さあ、朝ですよー」

彼女に手を引かれるままに廊下を歩いた。

「はい、ダイニングに到着でーす。座って下さーい」

「ああ……」

「もうすぐご飯、出来るからね！」

キッチンから何かが焼ける香ばしい匂いがする。

「昨日はゴメンね。私、取り乱しちゃって。とっても反省してる。だから別れるなんて言わないで。愛してる。これからもずっと仲良くしましょうね」

彼女が頬にキスをして、キッチンに戻って行った。

「ああ……もうケンカはやめような」

「でも、もう〞ケンカにならない〟と思うわ。ね？」

トースターがチンと鳴ってパンの焼き上がりを報せた。

「出来たわよ。サラダと、パンと、コーヒーと」

コトン、コトン、と献立を告げながら皿がテーブルに並べられて行く。確かに、もう食器の趣味でケンカすることもないだろう。

「目玉焼きは、何で食べる？　ソース？　醬油？　それともケチャップ？」

「そうだなぁ……」

何も見えない。目の前に置かれた皿の上を手探りで触ると、こんがりと焼かれた二つの玉が皿の上に載っているのが分かった。目から涙の代わりにケチャップのような液体が一筋こぼれた。

ハロウィン

「がおがお。この辺で降ります」

「はい。2880円です。お客さん、これからパーティーですか」

「ええ。そうですね」

今年も六本木の街は仮装した人で溢れ返っていた。

——大丈夫だ。バレていない。

釣り銭を待つ間、ルームミラーに映った毛むくじゃらの頬を撫でた。どこからどう見ても完璧な狼男だ。知り合いのヘアメイクに遊びで特殊メイクを施してもらった。一年のうちで今日だけは俳優「高城涼」ではなく、ただの「狼男」として街を歩くことが出来る。

数年前に主演したドラマがヒットして以来、四六時中人目を忍ぶ生活になってしまった。出かける時は、サングラス、マスク、帽子。とはいえ、これらすべてを付けてしまうと逆に目立つから、TPOに合わせて慎重に使い分けなくてはならない。移動はどんなに近くてもタクシーに乗り、外食する時は必ず個室を予約する。洋服屋に入ることは出来ても、試着することは出来ない。外に出るとストレスが溜まるので休みの日も家にいることが多いのだが、高所恐怖症なのにセキュリティが良いからという理由だけでタワーマンションに住まわされていて、まったく気が休まらない。SNSの氾濫ですべての人がパパラッチと化している昨今、有名税は急速に増税していると言える。

「ハッピー・ハロウィン！」

目についたバーにふらりと入った。こんな当たり前のことさえ、普段なら絶対に出来ない。店内は仮装した客でごった返していた。化け物たちを掻き分けて、カウンターでビールを頼む。可愛らしい魔女の格好をした店員が、「素敵なメイクですね」と言ってウィンクをしてグラスを渡してくれた。

狼の口は人間の飲食にはまったく向いてない。飲もうとするたびに口の端からだらだらとビールが漏れる。それでも人の目を気にしなくていい自由を感じながら飲むビールの味は格別だった。

「うわー、すごいじゃーん。チョー本格的ぃー」

胸元の開いたミニスカポリスが話しかけて来た。その辺のディスカウントストアで買ったのだろう。そのチョー薄っぺらな口調と相まってチョーぺらぺらのビニール生地が女をチョー安っぽく見せている。

「がおがお。食べちゃうぞー」

仕事柄、チャラい男を演じるのにも慣れている。しかも今日の自分は、自分であって自分でないのだからプライドも何もない。心の中で妙なスイッチが入ったのが分かった。

「きゃー。食べられちゃう。チョーこわーい。ははは」

「がおがお。一人？」

「ううん。あそこにいる女海賊と」

指さした先で音楽に合わせてくねくねと踊っている女海賊は、目の前のミニスカポリスよりも悲惨な仕上がりをしていた。ただでさえチープな生地に薄汚いダメージ加工が加わって、もはや悲壮感すら漂っている。

「あの女海賊？　へえー。ジョニー・デップみたいだね」

「あー。そっかー、あいつ、ジョニデのファンだからかー」

ジョニー・デップを〝ジョニデ〟と略すセンス。普段なら絶対に近づかないタイプの女の子だが、今日は何も怖れることはない。

「せいせいせーい。ユーたち、今あたしの話してたでしょー」

何かを察した女海賊が、酒臭い息を吐きながら絡んで来る。

「ねえ、ねえ。それってさー、ジョニデの真似なの？」

「もちろんよ。パイレェエエーツ！　オブ、カリビアァァアン！」

天井に向けて勢い良く剣を突き上げた。

「カリビァアアン！　がおぉおおー！」

そんな掛け声、あっただろうか。とりあえず勢いで叫んでおいた。

「あー、酔っぱらっちゃった。ヘイ、ポリス、ユーは？　誰のファン？」

「あたし、最近はなんかー、逆に、高城涼かなー、みたいな」

心臓が一瞬、止まった。

「こないだまでやってた刑事モノの連ドラ、なぜか全部見ちゃってー。気づいたらファン？　みたいな？　ははは。あのちょっと影がある感じ？　結構タイプかもー。うけるー」

褒められているのか馬鹿にされているのか。だが、こんな貴重な経験はなかなか出来るものじゃない。乗っかってみる価値がある気がする。

「あーっ、おれも高城涼、大好きだよ。おれが女だったら、絶対抱かれるなあー」

「えー、でもさー。あいつ、エッチとか下手そー」

「ははは。わかるー。プライド高くて、自分では何もしなそー」

何なんだ。うるせえ、ばーか。心の中で叫んだ。何だかんだ言って、結局蓋を開けてみたら、ネットに上がっているような悪口を単に面と向かって言われただけじゃないか。

「あいつ、私服チョーダサそうじゃない？」

「わかるー！」

こんなくだらない会話で今日という貴重な時間を無駄には出来ない。トイレに入ってミニスカポリスと女海賊を振り切った。

仕切り直して二杯目のビールを片手にうろついていると、店の隅に女ドラキュラが見えた。店の空気に完全に気圧されている。近づいてよく見てみると、衣装はかなり本格的で、顔立ちも美人だ。

「がおがお。ねえ、ドラキュラちゃん、一人？」

ドラキュラは警戒心を露《あらわ》にして、おどおどしている。

「え……。あ、いえ、お姉ちゃんと来てたんだけど、はぐれちゃって」

声が小さくて聞き取りにくい。店内に大音量で流れているロック・ミュージックが邪魔臭い。

「お姉ちゃんって、もしかしてミニスカポリスとか女海賊じゃないよね？」

「いえいえ」

顔の前で小さく手を横に振る仕草が可愛らしい。

「こんな可愛い妹をおいていくなんて、ひどいお姉ちゃんだね」

「いえ……いいんです。私といたら楽しくないから……」

なんていい子だ。ネガティブな発言も愛おしく映る。

「そっか。お姉ちゃん、探すの手伝ってあげようか？」

「でも、もうこの店にはいないと思う……」

「そうなんだ？」

「さっき男の人と出て行くのが見えたから……」

歳の近い兄弟や姉妹は性格が真逆になることがよくある。遊び慣れている姉が、面白半分でシャイな妹を連れ出したはいいが、途中で邪魔臭くなって置いていったのだろう。

「じゃあ、お姉ちゃんに負けてらんないじゃゃん。がおがお。おれとどっか行っちゃう？」

「えっ……？」

初めて目が合った。怪訝そうに眉間にしわを寄せている。それもそのはずだ。こっちの顔は完全に狼の毛で覆われていて、顔がまるで分からないのだ。

「冗談、冗談だよ。お酒、何か飲む？　買って来るよ」

「いえ、いえ、大丈夫です。あの、私じゃない人を誘った方がいいですよ」

また顔の前で小さく横に手を振った。

「そんなこと言わないでよ。どこから来たの？」

「どこっていうか、すごい山奥で、すごい田舎だから、言いたくないです。普段、私、引きこもりだし、本当は東京とか来たくなかったのに……」

「へえー。引きこもりなの？　もしかしてアニメとかゲームとか好き？」

「いえ、全然詳しくないです……」

「へえー。そうなんだ」

このクオリティの高い衣装は、今日のための仮装ではなく日頃のコスプレの延長なのかと思ったのだが、どうやらそういう訳でもないらしい。不思議な子だ。

「引きこもって、家で何してるの？」

「んー……、基本的に寝てます。あまり体が丈夫じゃないっていうか……」

何ということだろう。病弱な美少女が頑張ってこんな所まで出て来たのか。なんだか可哀想になってきた。

「部屋でテレビとかは観たりする？」

「いえ、全然……」

「そっか。じゃあ、好きな芸能人とかは？」

「ごめんなさい、部屋にテレビがないから分からないです……」

また顔の前で小さく手を横に振った。可愛い。可愛すぎる。いつの間にか自分が狼男であることも忘れて、素の自分で話し始めている。

「へえー、流行に疎いんだね」

「ごめんなさい……。つまんないでしょう？　だからその、何て言うか私、本物の〝そっち側〟の生き物なんで、他の人に声かけた方がいいですよ」

「そんなことないよ。むしろ、どんどん君に興味が湧いてるよ」

「えっ……」

ドラキュラが照れ臭そうに俯いた。でも、さっきから何だか呼吸が苦しそうだ。

「ねえ、大丈夫？　顔色悪いみたいだけど」

出会った時から、やけに顔が青白いのが気になっていた。この顔色の悪さはメイクのせいではないはずだ。

「すみません。初めてお酒を飲んだら、気持ち悪くて……」

「大丈夫？」

「体がふらふらして、隅で休んでたんです……」

「ちょっと外の空気でも吸いに行こうか？　肩貸してあげるから」

「すみません……」


「はあ。少し楽になって来ました」

店の外に出て、ガードレールに腰を掛けて並んで座った。深呼吸をしてみたが、六本木の空気は決して気持ちのいいものではなかった。この子の田舎と比べたらもはや毒ガスのレベルだろうに。

カボチャのお化け、ダースベーダー、スパイダーマン、ナースのゾンビ、バニーガールのゾンビ、セーラー・ムーンのゾンビ、ただのゾンビ。目の前を思い思いの仮装をした人たちが通り過ぎて行く。

「みんな凄いね。手が込んでる」

「ふふふ」

初めて笑ってくれた。もう完全に素の自分になっていた。つくづく人間とは不思議な生き物だ。仮面を被ったときに初めて本当の自分を出せるなんて。こんな子となら、何も気にせずに恋も出来るのかもしれない。

「あ、見て。あのミニオンズの集団、ひどい完成度！……って言っても、分かんないか」

返事がない。横を向くと彼女の姿は消えていた。

「あれっ？」

視線を落とすと、彼女は座っていたガードレールから後ろにそのまま倒れて、アスファルトに転がっていた。

「だ、大丈夫？　ねえ、ねえ、聞こえる？」

急いで抱きかかえた。ぶつけたのか、自分で後頭部を抑えている。

「すみません……ちょっとめまいが」

とりあえず意識はあるようだ。出血もない。救急車を呼ぶほどではないだろう。

「どうする？　どっかで横になって休む？」

「はい……」

とはいえ、休める所と言って思いつくのはホテルくらいしかない。下心がないだけに、こんな純粋な少女を連れて行くのは心苦しいものがあるが、緊急事態なのだから仕方がない。

「着いたよ。この部屋みたい」

「すみません。ありがとうございます……」

こんな格好でも今日は部屋を貸してくれるのだと知って驚いた。他にも何軒かホテルを回ったがどこも満室だった。他の部屋はいったいどんな化け物たちが入っているのだろう。

——ドサッ。

背負っていた女の子と一緒にベッドに倒れ込む。知らない女の子とホテルに入るなんて、いつぶりだろう。

「大丈夫?」

「大丈夫です。あの、私の鞄から……水を取ってもらえますか」

「もちろん」

苦しそうに肩で息をしている。彼女の鞄を開けて、ペットボトルを取り出すと、一冊の雑誌が入っているのが見えた。一瞬、息が止まった。東京のプレイスポットを紹介する情報誌だ。表紙で〝高城涼〟が笑っている。

「ふふふ。どうかしました？」

振り返るとさっきまで苦しそうにしていた女が、にやりと笑っている。

「あ、いや。何、この雑誌……？」

「何って？」

「いや、東京なんて来たくないとか言ってたのに……」

「せっかくだから東京を満喫しようと思って買っただけです。表紙の男の人が、格好よかったから。ふふふ」

女がまた意味深に微笑んだ。

「お前、おれが誰か知っていたのか！」

慌てて逃げようとドアへ駆け出した瞬間、首筋に痛みが走って意識が遠のいて行くのが分かった。


「ふう。お腹いっぱい」

——コツコツ。

五階にある部屋の窓を外から叩く音がした。

「あら。お姉様！」

「ふう。どう？　調子は」

開けた窓から、もう一人ドラキュラの格好をした女が入って来た。

「お酒とかいう飲み物のせいで、しばらく気持ち悪かったのですが、この男の血を飲んで今ようやく元気になったところですわ」

妹がベッドに横たわる狼男の死体を顎で指した。

「あんた！　狼男の血なんか飲んだの！」

「違いますわ。こう見えて、メイクをした普通の人間ですのよ。私も最初は、〝こっち側〟の生き物かと思って、戸惑ったのですが」

「へえー、これがメイク？　良く出来てるわね。本物そっくり。でも、気をつけなさいよ。ハロウィンの日は〝こっち側〟の生き物が、堂々と街を歩いている唯一の日ですから。化け物の血なんか飲んだら、死んでしまいますよ」

「分かってますとも、お姉様。本当の顔は見てないけど、結構若い男だったみたいですわ。とってもフレッシュな美味しい血でした」

「あら、ずるい。私の方は失敗よ。若作りした血液ドロドロのジジイだったわ」

「お姉様。せっかくですから、もう一人くらい飲みたくありません？」

「いいわねー！　口直しにもう一人」

二人の女ドラキュラは情報誌をぱらぱらとめくり、きゃっきゃっと楽しそうに、仮装した客の集まりそうな店を探し始めた。

花粉症

会社まであと数十メートルというところで、永野美紀は人気のない路地に入ってバッグから手鏡を取り出した。今日からメイクも服も髪型も春仕様にがらりと変えた。大丈夫だろうか。何度も顔の角度を変えながら瞬きを繰り返し、前髪を整え、リップを塗り直して、手鏡を仕舞った。振り返ると後輩の女子社員が微笑んでいた。

「美紀さん、おはようございます！」

「……おはよう」

「今日、なんか雰囲気違いますね！　すっごく春っぽい！」

「そう？」

「とっても素敵です！　明るい色の服、絶対もっと着た方がいいですよ！」

「ふふふ。ありがとう」

両手でピンク色のコートの襟を立ててウィンクをした。

「美紀さんって、モノトーンの服しか着ないのかと思ってました」

「いやー、そういうつもりはないんだけどね」

美紀は四十歳で独身、もう十年も恋人がいない。若者に人気の安くてお洒落なインテリアショップの製品企画部に勤めている。周りの社員はいわゆるリア充のキラキラした若い女子ばかりで、職場で男性との出会いはほとんどない。それなのに、皆が三十歳前に寿退社していくから不思議だ。

「流石だなあ。そのコート、私だったら難しくて着られないです。ホント、センスいい人って、うらやましいです」

「そんなことないよ。服なんて勇気、勇気。着ちゃったもん勝ちなんだから」

昔は給料のすべてを服につぎ込むこともあったが、十年前にした最後の失恋を機にもうこのまま一生独身かもしれないという不安から貯金が趣味になってしまった。すっかり流行に疎くなり、モノトーンのベーシックな服ばかりになってしまった。

「その赤い靴、どこで買ったんですか?」

「どこだっけー。忘れちゃった」

本当は忘れてなどいない。今日の服はコートも、カットソーも、パンツも、ベルトも、バッグもすべて原宿にある若者向けのセレクトショップでマネキン買いしたものだ。

「いいよねー、この靴。私も一目惚れしちゃって」

「見つけたら、私も真似していいですか」

「もちろん!　じゃあね」

エレベーターに乗り込みながら、あの店にだけは行きませんようにと心の中で祈った。


社内では皆が美紀の変貌ぶりに驚きの声をあげた。

「わあ、髪切りました？」

「明るい服、似合うじゃないですか！」

「メイク変えました？」

「あっ！　そのバッグ、私も欲しかったやつ！　どこで買いました？」

「ネイル、可愛い！」

褒められるたびに笑顔になる。明るい格好は気分まで明るくするのかもしれない。もう二度とモノトーンなんか着るもんか。しかし、家のクローゼットを想像してすぐに憂鬱な気分になった。白と黒とグレーを省いたら、ほとんど着る服がない。

「もしかして美紀さん、彼氏出来ました？」

隣の席の小沢梨紗が美紀の不意をついて耳元で囁いた。

「えっ……？　びえーっくしゅん！」

びっくりしてくしゃみが出た。

「なんか急に雰囲気変わったから、そうなのかなーと思って」

「違うよ。びぇーっくしゅん！」

「ホントかなあー」

「やめてよ、そんな話。びぇーっくしゅん！」

「花粉症ですか？」

「そうなの。ここ数年ひどくて。今年は平気かなと思ってたんだけど、今日からとうとう始まっちゃったみたい」

「マスクありますけど、します？」

「ありがとう。びぇーっくしゅん！」

マスクを掛けて手鏡を覗くと溜め息が出た。せっかくのメイクがほとんど隠れてしまった。またこれだ。春が来る度に、今年こそはちゃんとお洒落をして、新しい恋を見つけようと決意するのだが、マスクのせいですぐに手抜きメイクになり、いつもの楽で地味な服に戻ってしまうのだ。

「よかったら、眠くならない飲み薬もありますけど」

「あ、大丈夫。ありがとう」

「いつでも言って下さいね。私の彼、医者なんで、いい薬持ってるんです」

「へえー……梨紗ちゃんの彼氏、医者なの？」

「ええ。まあ」

「どこで知り合うの？　そんな人と」

「まあ普通に。知り合いの紹介とかですけど」

まずどういう知り合いと知り合えば医者と知り合えるのか。長い間恋を休んでいたせいで見当もつかない。お洒落な店に服を買いに行くために着る服を、まずどこで買ったらいいのか分からない、みたいな感覚と似ている気がした。

「ふーん。紹介かあ。そうなんだ。びえーっくしゅん！」

素っ気ない返事とくしゃみをひとつして、美紀はまたパソコンをたたき始めた。恋人がいない期間が長くなるにつれてどんどん恋愛の話が苦手になっていく。いつからか変なプライドが生まれて、自分は恋人がいないのではなく、作らないのだという態度を無意識でとるようになっていた。こんな時、自然な感じで「私にも誰か紹介してよー」みたいな言葉が言えたらどんなに楽だろう。メイクや服をいくら変えたところで、この面倒な性格を変えなければ、どうにもならない。それはもう痛いくらいに分かっていた。

「……ねえ、梨紗ちゃん」

「はい？」

今日から私は変わると決めたのだ。頑張れ、私。心の中で叫んだ。お洒落も恋も大切なのは一歩踏み出す勇気だろう。

「あのさ……」

「どうしました？」

自然に言うべきセリフが喉元に引っかかって、不自然な間が出来てしまった。

「あの、今度……、ひえっ、ひえっ、誰か……、びえーっくしゅゅん！」

今度はくしゃみが止まらない。

「びえーっくしゅん！　……誰かいい人……びえーっくしゅん！　紹介……びえーっくしゅん！　して……よ」

「えっ？　えっ？」

梨紗が笑って聞き返した。

「いや……何でもない！　忘れて。びえーっくしゅん！　ちょっと、トイレに……びえーっくしゅん！」

恥ずかしさで変な汗が出た。今すぐこの場から消えてしまいたかった。美紀が立ち上がると、梨紗が手を摑んで引き止めた。

「じゃあ、今晩って空いてます？　紹介できますよ」

「えっ？」

一瞬、何が起こったのか分からなかった。きょとんとしていると、梨紗はスマホをいじりながら話し始めた。

「今晩、私の彼と、彼の友達と三人でご飯食べに行くんです」

「ふーん」

「彼の幼なじみで、四十歳の経営コンサルタントの会社をやってる人なんですけど、バリバリ仕事も出来て結構イケメンですよ。もし良かったら美紀さんも行きません？」

経営コンサルタント。仕事がバリバリ出来る。そんな人とはまるで話が合う予感がしないが。

「これ。その人のインスタなんですけど」

梨紗がスマホの画面を見せた。ハーフ顔の美形の男性がびしっと細身のスーツを着こなして微笑んでいた。

「この人、最近、離婚したらしいんです」

結婚も、離婚も経験しているなんて。同じ時間を生きて来たのに、何から何まで経験値が違いすぎる。何だか自分が嫌になった。

「ふーん」

「あんま興味ないですかね？」

梨紗がスマホを置いて机に向かった。駄目だ。これではいつもと一緒だ。慌てて両手でオッケーサインを作って大げさに喜んだ。

「うれしい！　ありがとう！　今晩、行こう！」

「あ、そうですか。じゃあ彼氏に伝えておきますねー」

私のことをどう説明するのだろう。昨日までの自分と今日からの自分はまったく違うのだが、彼女はそこをちゃんと伝えてくれるだろうか。

「紹介しますね。こちら、私の彼の友人で、ジョーさん」

梨紗に何も聞かされずに連れて来られたが、ミシュランでも星を取っているかなり高級なフランス料理店だった。こんな店なら、もっとシックな服の方が良かったかもしれない。慣れない若作りの服装が裏目に出るとは。

「ハーイ。はじめまして」

ジョーが手を差し出した。低いダンディな声だ。

「はじめまして……永野です、永野美紀です」

大きくて逞しい手だった。きっと、これまでにたくさんの企業の社長と握手をして、その度に相手に大きな安心感を与えて来たのだろう。ジョーは美紀のために椅子を引いてくれた。

「今日はコースを頼んであるので、飲み物だけ選びましょうか。私はワインにしますが、美紀さんはいかがなさいますか」

いきなり下の名前で呼ばれてどきっとした。

「……じゃあ、私もワインを頂きます」

お酒はあまり得意ではないが、今日は飲んだ方が喋れるような気がした。

「素敵なお店ですね……びえーっくしゅん！」

せめてくしゃみくらいは止まって欲しいが、もはや自分ではどうしようもない。梨紗に飲み薬ももらっておけばよかった。私のくしゃみを牽制するように静かな店内のどこかから咳払いが聞こえた。

ジョーが指先でソムリエを呼んだ。笑ったり、首をすくめたりしながら、楽しそうにワインを選んでいる。言動のすべてがいちいちスマートで見蕩れてしまう。

「では、二〇〇三年のボルドーにしましょう」

貯金が趣味になって以来、外食が久しぶりだというのに、高級店の張りつめた雰囲気とジョーの完璧な立ち居振る舞いが、さらに緊張感を煽る。

「ジョーさんって、最近はどんな仕事してるんですかー？」

梨紗が能天気に訊ねた。空っぽな質問は若さの特権だなと思った。

「最近、中国企業が日本企業を買収するケースが多くてね。例えば、こないだの……」

彼の話を理解出来たのは最初の数十秒だけだった。質問をした梨紗自身も途中から相槌を打つのにも飽きて自分のネイルをぼうっと見ている。男二人が難しいビジネス英語を操って楽しそうに話をしている。

「こちら、前菜のオマールル海老のムースでございます」

料理が出て来て少しほっとした。ようやく愛想笑い以外にやることが出来た。スプーンで一口掬って、その美味しさに驚いた。こんなに緊張していて、こんなに鼻が詰まっていてこれなのだから、実際はもっと何倍も美味しいに違いない。目を閉じて、頭の中で三割増に補正して味わった。

「……美紀さん！　大丈夫ですか？」

「ん……？　何が？」

目を開けると、梨紗が顔をしかめて覗き込んでいた。

「顔、真っ赤ですよ」

「え？　あ……そう？　お酒飲むの久しぶりだから……」

頬に手を当てると自分でもその熱さに驚いた。手持ち無沙汰でワインを飲み過ぎたようだ。

「いや。違うよ。それ、たぶんアレルギーだね」

梨紗の彼氏が一瞬で医者の顔になって、冷たい口調で告げた。

「……アレルギー？」

「そう。エビとか、カニとか、甲殻類のアレルギー持ってない？」

「いいえ？」

思い返してみても、これまでにエビを食べて体調を崩したことなど一度もない。

「アレルギーってさ、それまでは大丈夫だったのに、ある日突然発症するんだよ。ほら、バケツの喩え話、聞いたことあるでしょ？　一回、病院でちゃんと調べた方が良いよ」

「はあ……」

言われているうちにだんだん喉の奥が痒くなってきた。口から手を突っ込んで思い切り掻き毟りたい衝動が込み上げてくる。気道が狭くなっているせいだろうか。心なしか呼吸も苦しい。

「顔。じん麻疹が出てるよ。つらいでしょ。帰って休んだ方がいいよ」

本職の医者にここまで言われると、もはや店に残るという選択肢はありえない気がした。

「そうですよね……。すみません、せっかく呼んでもらったのに……」

「気にしないで下さい。お大事に。また今度あらためてお会いしましょう」

別れ際、ジョーがハグをしてくれた。香水のいい匂いがした。男の人に抱きしめられたのはどれくらいぶりだろう。胸がときめいた。


数日後、美紀は病院のアレルギー科にいた。

「永野さーん、永野美紀さん、中にお入りください」

「はい、びえーっくしゅん！」

花粉症患者たちで混み合う待合室はくしゃみと鼻をかむ音が絶え間なく響いていた。ここでだけはどんなにくしゃみが出ても恥ずかしくはない。

「はい、永野さん。検査の結果が出ましたよ」

医者が一枚の紙を差し出した。

「まず表の見方を教えますね。この縦の欄がアレルギーの項目。で、こっちの横の枡目がそのアレルギーの度合い。右に行くほど、強いっていうことね」

「はい。びえーっくしゅん！」

「これを見ると、あなたの場合、いちばん気をつけるのは、猫ですね。なるべくなら近寄らないほうがいいですよー」

「あ、そうですか……」

たしかに言われてみれば猫を飼っている家に行くと目が痒かった気がする。

「自分ではあんまり気づいてなかった？」

「そうですね、びえーっくしゅん！」

「アレルギーは自分では気づかないものも多いんですよ。だけど、蕎麦やピーナッツのアレルギーなんかは命に関わることもありますからね。こういう検査を受けておくことは大事ですよ」

その通りだと思った。ちゃんと検査を受けていれば、事前にエビを避けられて、あの夜のジョーとの食事会をもっと意味のあるものに出来ていたかもしれないのだから。

「あと他には……。うん、大丈夫。特にないですね。まあ、じゃあ猫だけ気をつけて。お大事に」

医者は椅子を忙しそうに回転させて背を向け、カルテを看護師に渡した。

「えっ？　え？　いやいやいや……！」

「はい？　どうかしました？」

医者が振り返った。

「……エビ！　エビとか、カニは？」

「エビもカニも、大丈夫ですよ。アレルギーはないです」

「そんな……。びえーっくしゅん！　じゃあ、これは？　びえーっくしゅん！　ほら、これ！　スギは？　私、十年近くずっと花粉症なんですよ？」

いつもより大げさにくしゃみをして、声を荒げた。

「花粉症なんですか？」

「はい。見てわかるでしょう？　びえーっくしゅん！」

「でもスギのアレルギーもないですけどね」

「そんな……。じゃあこれは何なんですか？　びえーっくしゅん！　これは」

「そう言われてもねえ……」

医者は壁の時計を見上げ、面倒くさそうに頭を掻いた。

「あれ？　今日美紀さんは？」

書類を届けに来た女子社員が梨紗に訊ねた。

「あ、病院に寄ってから来るんだって。あれ？　どうしたの？　あんた今日やけに服、気合い入ってない？」

「そんなことないよ。いつもと一緒だよ」

「どうせまた合コンでしょ？　いつもみたいに人に仕事押し付けて速攻帰る気でしょ？」

「違う、違う、違う。っていうかさ、ねえ、ねえ……」

女子社員は話を逸らすように、にやにやしながら空いた椅子に腰を下ろした。

「ねえ、ねえ、最近の美紀さんの服。やばくない？」

「うん。服だけじゃなくメイクもね。子供のぬり絵って感じ。ははは」

「髪型もねえ。何あれ？　田舎の中学生みたい」

二人が話し始めると、他の社員も集まってきた。

「あー。何、もしかしてまた美紀さんの話？」

「ビンゴ！　ははは。あのね、私こないだ原宿行ったら、美紀さんと同じ格好のマネキン……」

「あっ！　私も見た！」

「私も！」

「だよねー。やっぱりマネキン買いなんだよね」

「あ、知らなかった？　美紀さんの春服は、あの店で今年マネキン買いしたやつと、前の年にマネキン買いしたやつと、前の前の年にマネキン買いしたやつ。そのローテーション。自分では合わせられないからコーディネートはいつも一緒」

「ははは。マジでー」

「そう言えば昨日の服、去年も着てたかも！」

「流行も分からなくて、よくこの会社で働いてられるよね」

「ベテランだからねー。誰も言えないよ、それは」

「今年はいつまで続くかな。美紀さんの春服キャンペーン」

「まあ四月いっぱいってとこじゃない？　もうすぐまた死神みたいなモノトーンに戻るでしょ」

「あ、そういえばこないだ、美紀さんから誰かいい人紹介してって言われてさ」

「えーっ！　意外！　そんなこと言うんだ！」

「そう。で、面白いから紹介してみたのよ。ハーフの敏腕イケメン経営コンサルタント」

「わお。超ハイスペック！」

「で？　で？」

「どうなったの？　超興味ある！」

「んー、なんか、じん麻疹が出て、すぐ帰った。ははは。慣れないことして体が拒否反応起こしたのかも」

皆が手を叩いて笑っている。

「こんなに噂されちゃって、今頃くしゃみしてたりして」

「いや、くしゃみしてるでしょ。すごい花粉症だもん、あの人」

今年の春もオフィスは美紀の噂話で持ちきりだ。まだ当分、この噂話のおかげで彼女のくしゃみは止まりそうにない。

中古車

コンビニで買い物を済ませ、路上駐車していた車に戻ると、見知らぬ男が私の車を舐め回すように見ていた。年の頃は五十歳くらいだろうか。グリースで撫で付けた白髪の混じった横分けに、レイバンのサングラスをかけ、太めのブルージーンズにチェックのネルシャツという粋なアメリカン・カジュアルだ。

「これ、あなたの車?」

「あ、はい、すみません! 邪魔ですよね。すぐ退けますから!」

「いや。むしろ、もう少し見せてもらっても良い?」男は言った。「格好良いよねえ、初期型のデボネアは」

こういうことは時々ある。急いでいる時は少々面倒だが、車好きにこだわりの愛車を褒められるのは基本的に嫌な気持ちはしない。この後、特に予定がある訳でもない。少し男に付き合うことにした。

「最近、一目惚れして手に入れたんですけどね。これ、一九八五年式のフル・ノーマルなんですよ」

「へえ。大事に乗ってるんだ」

「いやあ、どうでしょう」私はいかにも古めかしい角張ったボディを撫でた。「大事にしているんですけどね、愛情が足りないのか、しょっちゅうへそを曲げて故障しますよ。ははは」

男が笑顔で頷いた。

「そこがまた旧車の可愛いところじゃない。それにしても、若いのに、こんな車なんて」

「好きなんですよ、昔の日本車が。海外の車とは一味違うヴィンテージ感がたまらないというか」

三菱自動車のデボネアは一九六四年の発売以来、二十二年間モデルチェンジがほとんど行われなかった名車で、〝走るシーラカンス〟とも呼ばれている。

「中も見せてもらっていい？」

言いながら男は、もうドアの取っ手に手を掛けている。

「ええ、まあ……。どうぞ」この男はデリカシーが少し足りないタイプなのかもしれない。だが、悪い人ではなさそうだ。「内装もすべてオリジナルのままですから、傷だらけですけど」

「悪いね、ありがとう」

男は運転席に座るなり、あちこち触り始めた。運転席の日よけを上げ下げしたかと思うと、助手席のグローブボックスを開けては閉め、シート位置を自分の座りやすいポジションまで動かして満足げにハンドルを握った。

「エンジンかけてみたいなあ。鍵貸してよ」

男が窓から掌を差し出した。

「い、いや、それはさすがに……」

反射的に鍵をポケットにしまった。男は「だよね。ごめん、ごめん」と、笑って車を降りた。

「いやあ、ありがとう。君の、この車に対する愛情がびしびし伝わってきたよ。うれしいなあ。よかった、よかった。絶対に手放さないでね」

上機嫌になった男が力強くハグをしてきた。

「あ……はい。ありがとうございます」路上で見知らぬおじさんと抱き合いながら、よく分からないが、とりあえず礼を言った。

「ずっと、ずっと、乗り続けてよ。頼むよ、お願いだから！」

「はい……」

男はなぜそこまで懇願するのだろうか。少し違和感を覚えた。

「君みたいな人に乗ってもらえてよかった。安心したよ」

男は車の前方で屈んでバンパーの凹みを撫でながら言った。

「安心……？　と、言いますと？」

男が顔をくしゃっとさせて笑った。

「実はね。僕、この車に乗っていたんだよ」

「へえーっ。あなたもデボネアに？」

「そう。しかも、この車に乗っていたの。驚いた？」

「え、え、えっ？　デボネアという車種に乗っていたんじゃなくて、この車に？」

「そう、そう。僕がこの車の、前のオーナー。ほら」

男が助手席を指さした。

「助手席のシートに焦げがあるでしょ。ごめんね。これ、僕がつけちゃったんだよ」

「そ、そうでしたか……。いえ、これくらい気にしてませんよ。内装を張り替える手もあるとは思いますけど、こういうのもヴィンテージの味というか、出来るだけノーマルで乗るっていうのが私のこだわりでして」

「うれしいことを言ってくれるねえ。君は本当の車好きなんだね」

「そんな……」予想外の展開で動揺していた。前のオーナーに向かって得意げに旧車の魅力を語ってしまった。変な緊張感と照れが込み上げて来て、苦笑した。「でも。ということは、あなたもずいぶん長い間、大切に乗っていらっしゃったということですよね？」

「まあ、そうだね。でも僕は、君ほどは車にこだわりはないんだ。兄が自動車の整備工をやってでね。こまめにメンテナンスをしてくれたもんだから、大した故障もしなくて、買い換える機会を逃しちゃって、だらだら乗り続けてしまったって感じ、かな」

話すほどに、この車の歴史と素性がどんどん明らかになっていく。付き合ったばかりの恋人の家に遊びに行って、卒業アルバムをめくっていくような感覚に似ている。

「前のオーナーに会えて、何だかほっとしました」

「ほっとした？」

「ええ……。何て言うんでしょう。あの、その。あまり考えたくないことですが、中古車にはつきまとう不安と言いますか、もしこれが事故車だったりしたら、何かこう、嫌な気分がするじゃないですか」

「ははは。その心配は要らないよ。僕はずっと無事故無違反のゴールド免許だもの」

「わあ、それは素晴らしい！」

「でもさあ、安かったんじゃない？　この車」

男の表情が急に曇った。

「ええ……まあ。旧車好きには人気の車のはずなんですけどね」

確かに相場よりも妙に安かった。見つけた瞬間、掘り出し物だと思ったが、あまりにも安かったせいもあって、パーツはフル・ノーマルとうたってはいるものの、事故車と事故車の使えるパーツを寄せ集めて作られた、ある意味で究極に呪われた事故車なのではないかと、心の隅で疑っていた。

——ビーッ！　ビーッ！

後方からけたたましいクラクションが聞こえた。

話に夢中で気がつかなかったが、路上駐車のせいで後続の車が渋滞し始めていた。

「わっ、すみません。それじゃあ、もう行きますね。これからも大切に乗らせてもらいます。どこかで見かけたらまた声掛けて下さい！」

慌てて乗り込んで、開けた窓から軽く頭を下げた。

「ねえ、ねえ、ねえ！」男が運転席の窓枠に手を掛けて呼び止めた。「ちょっと乗せてもらえない？」

——ビーッ！　ビーッ！

クラクションが鳴っている。もはや考えている余裕はない。

「んー、まあ、いいですけど……。じゃあ急いで乗ってください」

男がにやっと笑うと、後続車にへこへこと頭を下げながら助手席に回り込んだ。

「とりあえず、車出しちゃいますね」

「うん。いいなあ。やっぱり大好きだなあ。このエンジン音と振動」

男は助手席で恍惚の表情を浮かべた。

「あの……。どこで降ろしたらいいでしょう？」

「降りる？　ああ、そうだねえ……」

男は急に遠い目になった。そしてぼそぼそと暗い声で歯切れの悪い返答を始めた。

「僕ね、行かなきゃならないところがあるんだ」

「どちらですか？」

「とっても遠いところだよ。でも、行きたくなくってさ」

「あ、そうですか……」

車内に妙な沈黙が訪れた。

――カリカリ。カリカリ。

男が助手席のシートの焦げを爪で引っ掻いている。

「……で、私はどうしたらいいんですか？　どこで降ろせば？」

「降りないよ。これも何かの縁というかさ、僕と君はもう運命共同体だから」

男は相変わらず焦げを引っ掻いている。

――カリカリ。カリカリ。カリカリ。

「ちょ、ちょっと。降りないって、どういう意味ですか？　冗談はやめてください。困ります。これはもう、私の車です。もうその辺で停めますから、降りてください」

男は何も言わない。というよりも、こちらの話を聞いていないように見えた。

「ねえ。この焦げ、何で出来たと思う？」

「さあ、タバコか何かですか……？」

こっちの質問には答えないくせに、向こうからは質問をして来る。何なんだ、この男は……。

「ははは。タバコじゃないよ。僕ね、ここで練炭を燃やしたんだよ」

「えっ……？」

全身に寒気が走った。慌てて助手席を見ると、そこには男の姿はない。その瞬間だった。

――キーッ！

前を走っていた車からタイヤのブレーキ音が聞こえた。

――ドカン！　ドカン！　ドカン！　ドカン！

急ブレーキをかけると、車体は右へ左へ車体をよじりながら何とか停止した。

――止まった……。

車の外へ出ると、私の車より前方で四台、後方で三台が玉突き事故を起こしていた。しかし、奇跡的に私の車の前後には、髪の毛一本ほどの隙間が空いていて、車は無傷だった。

――そんな馬鹿な。

何が起こったのか、しばらく事態が飲み込めなかった。

あの日以来、不吉な出来事が続いた。目の前で衝突や炎上が起こるのはよくあることで、対向車線を走っていたトラックのタイヤが外れて向かって来たり、通過した直後にトンネルが崩落したり、停車中に突然目の前の道路が陥没したりもした。いつも間一髪のところで助かるのだが、車が呪われているせいでこんな目に遭うのではないか、いつか〝あの男〟に殺されるのではないかと不安になって、私は車を売り払ってしまった。しかし、今思えばそれが間違いだった。

私は今、病院のベッドの上にいる。買い換えた別の車で事故を起こしてしまったのだ。身体中の骨が折れていて身動きが取れない。あの車を手放すべきじゃなかった。あの車が廃車になったら、彼は居場所を失ってあの世に行くことになる。たぶんあの男は、とことん運の悪い私とあの車をむしろ懸命に守ってくれていたのだ。それなのに……。不気味がって私は〝最高の安全〟をみすみす手放してしまった。

だが、こんなことを誰かに言ったら事故のせいで頭までおかしくなったと思われるに違いない。やれやれ。心のもやもやは積もる一方である。

ラストスパート

「そこから、もっと！　いける！　まだいける！」

――ピッ！

突き出した胸がゴールラインを駆け抜けた瞬間、ストップウォッチを止めた。

「12秒76。んー、もう少しタイム縮めないと入賞は厳しいわね」

インターハイまであと少し。二年生で女子１００メートルの選手である優香が、膝に手をついて息を切らしている。

「はあ、はあ、ぜえ、ぜえ。……おかしいなあ、いい感じだったのに。計り間違いじゃないですか？」

「そうやって人のせいにしてたら、成長はないわよ」

「はあ、はあ。だって、今のは、スタートも完璧、だったのに……」

確かに、入部当初から彼女が苦手にしていたスタートはもはや完全に克服したように見える。でも、私はそれとは別の弱点に気づいていた。

「ねえ。もう一度走ってみない？　でね、次は１００メートルじゃなく、１２０メートルを走ってみてほしいの」

「はあ、はあ。……はい」

優香がゆっくり体を起こして、呼吸を整えながら戻って行く。近くにいた一年生に120メートル地点に立つように指示を出した。

「先生、この辺ですか」

「うん。そして、あなたがストップウォッチを持っているふりをしてちょうだい。私は100メートル地点でこっそりタイムを計るから」

この女子高校に教師として赴任して七年。英語を教えながら、陸上部の顧問をしてきた。決して強豪校ではないが弱小校というわけでもない。進学校らしい真面目な校風もあって生徒たちは皆、素直な頑張り屋ばかりだ。

「優香、準備出来たら教えてー！」

スタート地点に向かって叫ぶと、「お願いしまーす！」と威勢のいい返事が返ってきた。

何とか彼女を勝たせてあげたい。うちの部で初めて短距離で入賞を狙える生徒が現れたのだ。彼女はもっと体も心も成長して、来年は陸上部を引っ張って行く存在になるだろう。出来ることなら、彼女にこの大会で自信をつけさせてあげたい。

「オーケー！　じゃあ、いくわよ！」

少しの沈黙の後、スターター係の掛け声が聞こえた。テンポ良く地面を蹴る足音が近づいて来る。スタートも完璧。いいペースだ。

「いいよ！　いい感じ！　そのまま！　そのまま！」

100メートル地点で待っていた私の前を紺色のトレーニングウェアが駆け抜けて行く。

――ピッ！

いつもより20メートル余計に走って、力尽きた優香がグラウンドに倒れ込んで天を仰いだ。私は飛び跳ねて駆け寄った。

「ほら！　やっぱり！　やったわよ！」

酸欠で声も出せない彼女にストップウォッチを見せた。

「100メートル、12秒51！　すごい！　自己ベスト！　やった！　これなら入賞間違いないよ！」

「はあ、はあ」

事態を飲み込めないでいる優香が顔をしかめた。

脳科学的に言うと、人間は「もうすぐゴールだ」と思うと、その瞬間、急激に脳の血流が減って、パフォーマンスが低下するのだという。先日観たスポーツ番組で、オリンピックの水泳コーチが言っていた。その解決策として、トレーニングでは選手がゴールのタッチをしてスタート地点を振り返ったところで、ストップウォッチを止めるのだそうだ。そうすれば、ゴールを意識するタイミングを後ろにずらすことが出来て、パフォーマンスの低下を避けられるのだという。

優香にもゴール前で失速してしまう癖があった。本人も気づいていたようで、スタミナ不足を克服するトレーニングを追加していたが、今ひとつ結果には結びつかないままだった。

「はあ、はあ。先生……」

私の手を摑んで起き上がった優香が浮かない顔をしている。

「何？　どうしたの。素直に喜びなよ！　自己ベストだよ？」

「うん」

私の目をまっすぐに見つめた。

「ねえ。先生、学校辞めちゃうって、ホント？」

「え？」

「結婚するんでしょ。みんなが噂してるよ」

「やだ、どこから漏れたのかしら」

職員たちには報告済みだったが、部員の皆にはインターハイが終わるまで内緒にしようと思っていた。

「そう。そうなの。結婚して、来年の春で教師を辞めることにしたの。三十歳までに結婚するのが先生の小さい頃からの〝夢〟だったから」

優香を真っ直ぐ見つめ返して言った。

「あなたはあなたの〝夢〟を叶えて。自己ベスト、おめでとう！」

夢なんて言えば格好がいいが、本当は逃げているだけかもしれない。ずっと自分には教師が向いていない気がしていた。純真無垢で可能性の塊の生徒たちと向き合って、真剣な話をするようになればなるほど、たいしたアドバイスも出来ない自分の力に限界を感じるようになった。私以外の先生に教わった方がこの子たちはもっと成長するのではないか、そんな罪悪感にも似た感情に胸が押しつぶされそうな日々だった。

「先生。私、優勝するから」

「優勝？」

正直なところ、本番でさっきの自己ベストを出せても、決勝には残るのがやっとだろう。

「優勝する。大好きな先生に、私からのプレゼント」

「ありがとう……」

今にも溢れ出しそうな涙をこらえた。なんていい子なんだろう。

さっきまで橙色だった空が藍色に変わっている。遠くから三年生の号令が聞こえてグラウンドの片付けが始まった。

「先生。旦那さん、どんな人なのか今度教えてね」

歩き出した優香が笑って振り返った。自分が教師に向いていないなんて思い込みだったのかもしれない。あと一年、この子の卒業まで一緒にいたかった。彼女の笑顔は私に幸せな後悔をくれた。


「ああ、疲れたー。ただいまー」

「おかえり」

その夜、陸上部の顧問を終えて家に帰り、夕飯を作っていると、同居している姉が帰ってきた。

「いい匂い！　花嫁修業にぬかりがないね。今日のメニューは？」

「中華。春巻と麻婆豆腐と玉子スープ」

「へえー。美味しそう。ああ、もう。最悪だったー、今日も」

姉は乱暴に冷蔵庫から缶ビールを取り出して、喉を鳴らして飲み始めた。

「ぷはーっ」

「どうしたの？」

「どうもこうもないわよ。あと二日、会社に行ったら三連休だったのにさ、しょうもないミスしちゃって、おかげで休日出勤確実。もう、最悪」

長いゲップを吐いた後、姉はソファに倒れて泣き真似を始めた。自分は何も悪くない、部下の新入社員がポンコツなせいだ、そもそも後輩の指導なんて私に向いてない。止めどなく愚痴が溢れ出した。

「お姉ちゃん、それって〝連休〟のせいだよ」

「どういうこと？」

姉が首を持ち上げて振り向いた。

「連休前じゃなかったら、きっとお姉ちゃんはミスしなかったと思うの。人間ってね、もうすぐゴールって意識するとね、脳の血流が急激に減って、パフォーマンスが下がるらしいのよ。そのせいで判断力が鈍ったり、思いがけないミスしちゃったりするらしいの」

「何よ。先生ぶって。偉そうに」

「先生だもの。今日も陸上部の子にね、１００メートルじゃなく、１２０メートル走ってもらったらね……」

「その話、長くなる？」

一通り愚痴って気が済んだのか、姉はいつもの調子に戻って、揚げたての春巻をくわえてバスルームへ消えて行った。このさっぱりした性格のおかげで、一向に恋人は出来ないが、男女問わず友達はものすごく多い。こんな風に感情のままに生きている姉が私は少し羨ましかったりする。

「ああ、お腹減った。よし、食べよう。食べよう」

バスルームからバスタオルで髪を拭きながら姉が現れた。

「やだ。またその格好？」

姉はいまだに高校の頃のジャージを部屋着にしている。

「いいじゃん、別に」

姉が冷蔵庫から二本目の缶ビールを取り出してテレビを点けた。しばらくザッピングした後、「つまんない」とつぶやいて、適当なチャンネルで止めてリモコンを置いた。

「いただきます」

「いただきます。うわっ、はふ、はふ、麻婆豆腐、美味しい」

姉が熱さと戦いながら、口一杯に頬張って言った。

「そう？　うれしい」

「はふ、はふ。あんた、いい嫁になるよ」

「お姉ちゃんと違って、私は出来る女だからね」

「はあ？」

姉がじろっと睨んだ。

「本物の出来る女は自分でそういうこと言わないけどね」

瞬時に悪口を返す姉の頭の回転の早さには本当に感服する。

「何年か経って、騙されたって泣いてる旦那の姿が目に浮かぶよ」

「そんなことないわよ」

一年前、姉に誘われて出かけた合コンで私に彼氏が出来た時も、姉の悪口は凄かった。自分がいい会社に勤めてるからってちょいちょい上から物を言ってくる、シャツのボタンを三つも開けてるのがキモい、会話にビジネス英語が多くてウザい、金遣い荒そう、将来ハゲそう、友達いなそう、絶対目を整形してる、とさんざん言われた。その彼と結婚することになって姉の悪口も少しは収まったけれど、今でも彼のことはあまり良くは思っていないようだ。

「ねえ、そういや、式場は決まったの？」

「うん。決めた。でも彼が仕事忙しくて、一人で下見して決めてきちゃった。ずっと憧れだった式場が取れたのよ」

「ふーん。彼って、そんなに忙しいの？　愛されてないだけなんじゃない？」

「また悪口？　やめてよ、もう」

「悪口じゃないわよ。ただの質問。マジで、あんたさ、考え直したら？　三十歳だからって、何もそんな焦って結婚しなくてもいいじゃん。夢だか何だか知らないけどさ、計画通りに行かないのが人生ってもんよ？」

「焦ってなんかないわよ。素敵な人だから一緒にいたいと思っただけ！」

「へえー、あれが、素敵な人、ねえ……」

「何よ。お姉ちゃん、言いたいことがあるなら、はっきり言ってよ。反対なの？　妹に先を越されて、悔しいだけでしょ？」

箸をテーブルに叩き付けた。

「ぜーんぜん。悔しくない」

姉は笑って言った。会話の止んだ部屋にテレビの音だけが響いている。

「そうだ。今日、仕事であんたの彼の会社の人に会ったのよ。で、今度うちの妹がそちらの社員さんと結婚するんですよ、って言ったら、誰ですかって聞いてくるから、あんたの彼の名前を言ったの。そしたら、首を傾げて、そんな人いたかなあ？って。あんたの彼、会社じゃあ相当、影が薄いのね」

「まだ悪口言うの？　お姉ちゃん、もう、やめてってば！　彼の会社、大きいんだもの。知らない人がいても当然でしょ！」

「そうかなあ？　大企業かもしれないけど、けっこう良い役職だって言ってなかった？そんで、あんたと会えないほど忙しく働いてんでしょ？　なのに、影が薄いって、ねえ？」

姉が皮肉っぽく笑った。

「もう……違うのよ。分かった。ちゃんと言うわ」

このままでは姉の悪口は止まらないだろう。

「心配かけると思って、今まで内緒にしてたんだけどね、実は彼、その会社はもう辞めててね、今度新しい会社を作るの。そのための資格取ったり、資金繰りのために幾つも仕事を掛け持ちでやってたりして、なかなか会えないの。私も出来るだけ力になりたいと思ってるんだけど、私の貯金じゃあ全然……」

姉が目を見開いたまま固まっている。

「どうしたの？　お姉ちゃん？」

「観て……！」

私の背後のテレビ画面を指さしている。

「えっ？　何？」

振り返ると、画面いっぱいに婚約者の男が映し出されていた。

〝女性に結婚を持ちかけて金銭を騙しとった詐欺の疑いで逮捕されたのは、住所不定無職の大野雅彦容疑者三十六歳で、男は警察の調べに対し容疑を認めています。被害者は十数人にのぼると見られ、警察では引き続き調べを進めています。続いてのニュースです〟

画面が生まれたばかりの可愛いカワウソの赤ちゃんの映像に切り替わった。

「あんたも〝ゴール〟を意識して、脳の血流が急激に低下して、まともな判断力を失っていたのね……」

茫然自失の妹の肩をそっと抱いて、姉がつぶやいた。

イヤホン

――一番線に電車が参ります。白線の内側にお下がりください。

ゴールデンウィークが明けて三日が過ぎた。まだ休みぼけが抜けていないのか、朝の出勤がつらい。ただいつもの生活に戻っただけなのに九連休という幸福を味わってしまった後では、それだけのことがこの上なく苦痛に感じられてしまう。

いつもの満員電車に乗り込んだ。耳に押し込んだイヤホンからは激しいロックが流れている。本来ならこんな小さな音で聴くような音楽ではないが、現実は世知辛い。せっかくのラウドなサウンドが、耳元でか細く鳴り響いている。

知らない人間の臭いと温もりが混じり合う鮨詰めの車内。不自然な体勢で顔のそばまでスマホを持ち上げ、新着のニュースをチェックする。イチローが打った。芸人とモデルの熱愛発覚。人気女性タレントのすっぴんが可愛すぎると話題。気になったニュースを開いては閉じる。それにしても、いまだに大学生のような自分の興味の幅が嫌になる。子供の頃、大人というのは政治や経済のニュースを読むものだと思っていた。自分がそんな大人になる日は、来るのだろうか。

じっとりと汗が出て来た。そろそろ乗り換え駅に着く頃だと思って顔を上げると、車窓の景色が動いていないことに気づいた。イヤホンを外すと人身事故のアナウンスが聞こえ、車内には乗客たちの爆発寸前の苛立ちが充満していた。やれやれ。再びイヤホンを耳に戻した。またか。これで三日連続である。ゴールデンウィーク明けはこういう事故が多い。きっと五月病をこじらせた人が、休日と平日の谷間で足をすべらせて奈落へ落ちてしまうのだろう。

——今日も電車が止まった。また遅れる。

スマホで同僚にメールを打っていると、突然イヤホンを引き抜かれた。

「あのさ、あんた、うるさいよ。音」

中年のサラリーマンが殺気立った目つきで睨んでいる。

「……すみません」

それほど大きな音量で聴いていたわけではないが、だが、電車が動いている時は車輪のノイズでかき消される音量も、長く止まっていると気になるものなのかも知れない。音楽を止めて、イヤホンを仕舞った。

ようやく電車がのろのろと走り出し、次の駅に着くと、扉から我先にと乗客たちが飛び出して行った。この様子では、おそらくもうタクシー乗り場は長蛇の列だろう。バスという手もあるが、当然そっちも混んでいるはずだ。今日はそんなに急ぎの仕事があるわけでもない。少し時間を潰すほうが得策かもしれない。ホームのベンチに座り、あくびをしながら目の前にあった駅の掲示板をぼうっと眺めた。

『ヘッドホン専用車両始めました』

見慣れない張り紙を見つけた。通勤ラッシュ時間帯には女性専用車両に加えて、この五月からヘッドホン専用車両を設けているのだという。なるほど。確かにヘッドホンをしている者だけが乗っていれば音漏れを気にすることなく大音量で音楽が聴ける。自分もついさっき注意されたばかりだ。明日からはこの車両に乗ってみてもいいかもしれない。

「あ、先輩」

遠くから聞き覚えのある声が近づいて来た。

「先輩。おはようございます。この電車に乗ってたんですね」

「おう。おいっす。そっか、お前もこの路線だったたっけか。まさか三日連続で人身事故ってなあ。参ったなあ」

「参りましたよ」

後輩が腕時計を見て、苦笑いをした。

「先輩、これからどうするんですか」

「どうするもこうするも、タクシーもバスもどのみち時間かかるからなあ、おれはホームでしばらく時間潰すよ。そのうち電車も動くだろ」

「いいなあ、先輩は。僕は急ぎの打ち合わせがあるので、タクシー乗り場に行って根気よく並びます」

「おう。頑張れ、後輩。でも、おれがこうして時間潰していることは内緒だぞ」

「はい、もちろん。分かってます。じゃあ、いってきます」

よく働く後輩だ。いつも気が利くし、頼りになる。今までも、彼に何度面倒な仕事を助けてもらったか分からない。

電車は一向に走り出す気配がない。苛立った乗客たちがホームを右往左往している。駅のコーヒーショップでも行くか。イヤホンを耳にねじ込んで立ち上がり、ぐっとヴォリュームを上げた。


翌日からはヘッドホン専用車両に乗って通勤した。乗ってみて分かったのだが、この車両は少し特殊な作りになっている。駅の到着はアナウンスではなく、ドアの上にある電光掲示板と、天井に数カ所取り付けてある高輝度のフラッシュライトの点滅で教えてくれる。これによって、音が聞こえなくても乗り過ごすことがないように工夫されている。

もう一つ実際に乗ってみて気づいたのは乗客たちの様子である。この車両の乗客は皆、歌っているのだ。それは鼻歌というレベルではない。気持ち良さそうに声を張り上げ、それぞれのヘッドホンから流れる音楽に合わせて歌っている。どうせ誰も聴いていないのだ。

試しに自分も歌ってみると、これが思いの外楽しい。寝ぼけていた喉と頭がぱかっと開く感じがして心地が良いのである。

ヘッドホン専用車両に乗るようになって一カ月が過ぎた。カラオケの効果か、朝の通勤がつらくなくなった。巨人七連敗。人気俳優に第二子誕生。大声で歌いながら、いつものようにスマホで適当にニュースを読んでいると、気になる見出しを見つけた。

『カラオケ車両導入で飛び込み事故が激減』

記事を開いてみると、「一部の事故多発路線でヘッドホン専用車両、通称〝カラオケ車両〟を導入したところ、飛び込み事故が大幅に減少した」と書かれている。当初は音漏れを心配せずに音楽を聴ける車両として始めたのだが、次第に乗客たちが歌うようになり、それが日頃のストレス解消につながったのではないかと書かれてある。たしかに、思えばあの日以来一度も電車は止まっていない。

――そう言われてみると……。

この車両の乗客たちは皆、一見気持ちよさそうに歌っているが、よく見ると、どの顔も一様に目の奥が死んでいる。この人たちはいったいどんな曲を歌っているのだろう。好奇心で、イヤホンを外してみた。

――うわっ！

一瞬で鼓膜がキーンとなった。耳をつんざく騒音。しかも、そこには歌声はなく、この世の汚い言葉をすべて集めたような罵詈雑言が充満していた。もはやヘッドホン専用車両でもカラオケ車両でもない。恨み、つらみ、妬み、嫉み、あらゆる負の感情のゴミ捨て場だ。

少し離れたところに後輩が乗っているのが見えた。普段の様子とはまるで別人で、会社で見せる快活な表情は一切なく、魂の抜けた顔で繰り返し何かを叫んでいる。

――あいつ、何て言ってんだ……？

どんなに耳を凝らしても、この騒音の中から彼の声を聞き取ることは出来ない。だが、さっきから見ていると、その口の動きはどうも私の名前の後に「ぶっころす」と動いているように見えるのだが……。

ながいもの

「わあ、キリンさんだ」

幼稚園児の太郎くんは、ママと、おばあちゃんと三人で動物園に来ていました。

「ママ、どうして、キリンさんは、くびがながいの？」

「ちょっと待ってね」

ママはポケットからスマホを取り出しました。インターネットはすぐに何でも教えてくれます。

「んーと、やっぱり高いところの葉っぱを食べるためみたい。あと、キリンさんは脚が長いでしょう？　立ったままお水を飲むには首が長い方が便利なんだって。はい、おしまい」

「どうして、キリンさんは、たかいところの、はっぱがすきなの？」

「低いところの葉っぱはお馬さんとか、他の動物たちが食べて、なくなっちゃうけど、上の方にはたくさん葉っぱが残っているの。それを食べるために、首が長くなったのよ」

「じゃあ、どうして、ほかのどうぶつさんたちは、くびをのばさないの？」

太郎くんのいつもの〝どうして攻撃〟が始まりました。

――トゥルルルル。

ママのスマホが鳴りました。

「ねえ、ママ。どうして、ほかのどうぶつさんたちは、くびをのばさないの？」

「んー、キリンさんはね、頭がよかったのよ。他の動物は思いつかなかったの。首を伸ばそうなんて。はい、おしまい」

ママの手の中で着信音が忙しく鳴っています。

「へえー。キリンさんは、あたまがいいんだ。ぼくもいっぱいおべんきょうして、あたまがよくなったら、くびが、のびる？」

「まさか。太郎の首は伸びないわよ。葉っぱ食べないでしょう？」

「たろう、はっぱすきだよ」

太郎くんは普段、レタスのことを葉っぱと呼んで食べていました。

「葉っぱって言ってもね、あれは……。ねえ、おばあちゃん！　太郎を……」

太郎くんと話しているうちに、電話は切れてしまいました。

「ああ、もう……。あれは、キリンさんが食べる葉っぱとは違うのよ。太郎が食べているやつは、もっと低いところに生えているの。だから、太郎の首は長くならないの。はい、おしまい」

ママは早く〝どうして攻撃〟を切り上げたくて仕方がありません。

「どうして、ひくいところにあるのに、にんげんしか、たべないの？」

「え？　他の動物が食べに来ないように囲ってある、畑っていうところで育ててるからよ。ほら、きょうりゅう公園の近くに、土のところあるでしょう。あんな風にして、人間が食べる野菜は、作ってるの。はい、おしまい」

「どうして、はたけは、にんげんしか、はいれないの？」

「人間は頭がいいから、人間しか入れないように作れるの！　もういいでしょ。はい、おしまい」

「キリンさんと、にんげんは、どっちが、あたまがいいの？」

「そんなの、人間に決まってるでしょ！　もう、おしまい！」

ママは強引に太郎くんの手を引いて、キリンの前を離れました。

――トゥルルルルル。

ママのポケットの中で、また電話が鳴り出しました。

「もう。ねえ、おばあちゃん！　ねえ、ちょっと、太郎をお願い」

「ああ、はい、はい。太郎、おばあちゃんのところにおいで」

ゆっくりとした動きでおばあちゃんは太郎くんに両腕を差し出しました。

太郎くんのママは、ＩＴ企業でウェブデザインの仕事をしています。三十五歳のとき、出会ったばかりの男性と思いつきでスピード結婚して、一年後に太郎くんが生まれて、その後すぐにスピード離婚しました。

ママは大きなプレゼン会議を翌日に控えていて、今日も頭の中は仕事のことでいっぱいです。でも、今まで何度も太郎くんとの約束をキャンセルしていたので、ママは仕方なく動物園に来ていたのでした。

「もしもし。うん、大丈夫。え？　そうね、じゃあ至急そこだけクライアントに確認してから電話して。はい、おしまい！」

電話を切ったあとも、眉間にしわを寄せて怖い顔でメールをチェックするママを、太郎くんはじっと見つめています。

「太郎、おばあちゃんと、あっちのほうに行ってみようかね」

おばあちゃんが太郎くんの手を引いて歩き出しました。

「ほら、太郎。アリクイさんじゃって。舌が長いねえ」

「おばあちゃん、どうして、アリクイさんは、したが、ながいの？」

「さあ、どうしてかねえ？」

太郎くんの〝どうして攻撃〟がまた始まりました。

「巣の中の蟻を食べるためじゃろうなあ」

「どうして、ありさんをたべるの？　たろう、ありさん、たべないよ」

「んー、美味しいからじゃろう」

「ハンバーグより、おいしい？」

「ハンバーグより美味しいのかもしれんのぉ」

「カレーより？」

「カレーより美味しいのかもしれんのぉ」

おばあちゃんはのらりくらりとかわします。ママが戻って来ました。

「……信じられない。あのバカ、全然使えないんだから！　この忙しい時に！」

ママの口から汚い言葉が溢れ出します。

「あっ！　こらっ！　太郎！　何してんの！」

べちっ、という鈍い音がして、太郎くんは泣き出しました。太郎くんが足元の蟻をつまんで口に入れてしまったのです。

「ダメでしょ、そんなの口に入れたら！　だから、おばあちゃん、ちゃんと見てててって言ったでしょ！」

「えぇぇん。だって、おばあちゃんが……ありさんは、おいしい、って」

「叩かなくてもいいじゃないか。べつに死ぬわけじゃあるまいし」

おばあちゃんは太郎くんをやさしく抱きしめました。

「死ぬわけじゃないったって、こんなこと、幼稚園でやったらいじめられるかもしれないでしょ！　周りのママ友にだって何言われるか分かんないわ！」

「そんなカリカリしなさんなって」

「太郎！　こっち来なさい」

太郎くんが怯えながらママに歩み寄りました。

「ダメでしょ！」

ママは太郎くんの両肩を強く摑み、ぶるぶると揺さぶります。太郎君の目から涙がこぼれました。

「もう、動物園は、おしまい！　おうちに帰るわよ！」

「えー。やだ、ぞうさんがみたい！」

「お行儀の悪い子は、おうちに連れて帰ります！　もう、おしまい！」

ママはお仕置きにかこつけて、帰って仕事をしたいのです。

――トゥルルルルル。

またママのポケットの中で電話が鳴りました。

「可哀想に。せっかく来たんだもの、そんなに急いで帰ることもないじゃろう」

「じゃあ、おばあちゃんがちゃんと見てて！　いい？　変なことさせないでよ！」

そう言うとママは近くのベンチに座り、鞄から書類の束を取り出しました。電話を耳と肩に挟んで、怒声を張り上げます。ママの声に驚いてアリクイは檻の奥へ隠れてしまいました。

「太郎、ゾウさんを見に行こうかね」

「うん！」

太郎くんとおばあちゃんが歩き出しても、しばらくの間、ママの大きな声が辺りに響いていました。


「ほれ、太郎、ゾウさんじゃ。大きいのお」

「わあ、おめめが、かわいいね」

「そうじゃのう」

「おみみが、おおきいね」

「そうじゃのう。きっと太郎の声も聞こえとるよ。呼んでごらん」

「ぞうさーん。こんにちはー」

ゾウが鼻をくぅっと持ち上げて、返事をしたように見えます。

「おばあちゃん、どうして、ぞうさんの、おはなは、ながいの？」

「どうしてじゃろうねえ」

「わからないの？」

「さあなあ。おばあちゃんには、わからんよ」

「どうして、おばあちゃんは、わからないの？　ママはなんでもすぐにおしえてくれるよ」

「おばあちゃん、そんなこと、気にしたことがないでなあ」

「どうして？　ママはなんでも、すぐにしらべて、おしえてくれるよ」

「知らなくても、何にも困りゃあせんかったで」

「おばあちゃんは、ケータイ、もってないの？」

「持ってないさ。毎日、なんも急いどらんからなあ」

太郎くんは得意げに、ポケットから自分の携帯電話を取り出しました。

「ママ、おこってるかなあ。でんわして、ぞうさんのおはなが、どうしてながいのか、きいてみるね！　そしたらぼくが、おばあちゃんに、おしえてあげる！」

——留守番電話に接続します。お掛けになった電話は……。

「だめだ。ママ、はなしちゅうみたい。つながんないや」

「そうかい。ママはいつも忙しいからのう」

おばあちゃんは、ゾウをのんびり眺めて言いました。

「お鼻を伸ばさないと絶滅すると思ったんじゃろうなあ」

「ぜつめつ？」

太郎くんは首を傾げました。

「ははは。絶滅っていうのはな、地球からその生き物が一ぴきもいなくなってしまう、ってことじゃよ」

「キリンさんも、くびが、みじかいと、ぜつめつ？」

「そうかもしれんなあ」

「アリクイさんも、したが、みじかいと、ぜつめつ？」

「そうかもしれんなあ」

——ピピピピピ。

太郎くんの携帯電話が鳴りました。

「あ、ママだ！　もしもし」

「どうしたの？　太郎。ママ、忙しいのよ」

「ねえ、ママ。どうして、ぞうさんのおはなは、ながいの？」

「そんなこと、おばあちゃんに聞きなさい。太郎、ママ忙しいのよ。はい、おしまい」

電話が切れました。

「おばあちゃん。ママにおしえてもらえなかった」

「太郎は、何でだと思う？」

「わかんない。あとで、ママにしらべてもらう」

「太郎は自分で考えてみないのかい」

「だって、かんがえても、ちがうかもしれないでしょ？　じかんが、もったいないじゃん」

「……そうかい。太郎は合理的だねえ」

おばあちゃんは、ママのことを考えていました。

あの子は、いつも時間に追われていて、苛々している。家でも、会社でも、いつどこにいても、早く、早く、早く、早く――。科学が進化するほど、何でもかんでも「早い」ことが美徳になっていく。でもそうやって手に入れた時間の余裕にも、また別の短時間で出来る何かを詰め込んで、どんどん心に余裕がなくなっていく。いつからか、そんな時代になってしまった。心に余裕のない人間が結婚や子育てをするのは難しい。世の中が晩婚化、少子化していくのはそのせいかもしれない。

「ぞうさん、おはな、ながいね」

「そうじゃなあ」

「おはなが、みじかいと、ぞうさん、ぜつめつ？」

「そうかもしれんなあ」

「にんげんは、なにがみじかいと、ぜつめつ？」

おばあちゃんは、空を見上げてしばらく考えました。

「そうじゃなあ。人間は、これ以上〝気が短く〟なったら、絶滅するかもしれんなあ」

おばあちゃんがつぶやくのを、太郎くんはきょとんと見つめていました。

出勤

「オハヨウゴザイマス。午前七時ニナリマシタ」

前夜に告げた起床時間に人工知能を内蔵したベッドが喋り出した。ゆっくりとベッドが腰の辺りから折れて持ち上がり、否が応でも体が起こされて行く。そのおかげで絶対に二度寝は出来ない。座布団ほどの大きさの室内用ホバーボードが床を滑って現れ、足元で停まった。

「洗面所へ、オ連レシマス」

眠い目をこすってホバーボードに乗ると、一歩も歩くことなく洗面所へ辿り着いた。

「洗顔ト、歯磨キヲ、開始シマス」

洗面台に向かって前屈みになった。機械のアームから自動的に洗顔液が顔に塗布された後、水が吹き付けられ、仕上げに温風で自動乾燥が行われる。同時に口の中には薬液が流れ込み、口内の洗浄が行われる。顔を上げて鏡に自分の顔を映すと、ピピッという電子音と共に赤外線レーザーが上下しながら顔をスキャンして、今朝の容姿の状態が自動解析されていく。

「寝癖直シト、髭剃リヲ、開始シマス」

洗面台の鏡が開いて中から出て来たヘルメット状のカプセルが、すっぽりと頭を包み込んだ。カプセル内部でスチームや整髪料が噴霧され、ヘアスタイルのセットが自動的に行われていく。自動シェーバーによって髭を剃られ、数分後カプセルが外れて再び洗面台に格納されると、すっきりした顔が鏡に映っていた。

「続イテ、朝食ノ時間デス。ダイニングへ、オ連レシマス」

またホバーボードが現れ、慌ただしく連れ去っていく。

「ピ、ピ、ピピピ。心拍数、血圧、異常アリマセン。ビタミンB群ガ、欠乏シテイマス。朝食ニ、改善メニューヲ、追加シマス」

ホバーボードに内蔵されたセンサーが足の裏から健康状態を読み取り、自動調理器へとデータを送信した。ダイニングに到着すると、キッチンの方から機械の声がする。

「オハヨウゴザイマス。今朝ノメニューハ、野菜風スープ、果実風ジュース、トースト風固形物、デス。ビタミンB群ノ欠乏改善ノタメ、ジャム風調味料ガ追加サレテイマス」

人工知能を内蔵した自動調理器がメニューを説明した。

キッチンの自動調理器はダイニングテーブルとベルトコンベアで連結されている。ガタガタとコンベアが回り出し、朝食が載って出て来た。

「出勤予定時刻マデ、アト二十五分デス。十分以内デ朝食ヲ食べ終エテクダサイ」

塩分や糖分、栄養バランスの整えられた化学物質を混ぜ合わせた料理を胃に流し込む。壁のモニターに今日のニュースが映し出されている。

「ごちそうさま」

あっという間に食事が終わり、コンベアに空の食器を載せると、コンベアが回り出して食器が回収されていく。間髪を入れずにまたホバーボードが足元まで駆けつけて喋り出す。

「クローゼットへ、オ連レシマス」

クローゼットに着くと、自動的にハンガーがガチャガチャと回転して、グレーのスーツ、白いシャツ、青とシルバーのストライプ柄のネクタイが出て来た。

「本日ノ気候、本日ノ仕事、本日ノラッキーカラー、ヲ考慮シテ、本日ノアナタニ適シタ服装ヲ選ビマシタ」

人工知能はクローゼットにも内蔵されており、その日の予定に適した服装を自動で選んでくれる。

「そういえば、スケジュールに書き忘れていたんだけれど、今夜、仕事終わりで前から気になっていた女性とデートをすることになったんだ」

「相手ハ、誰デスカ」

「前の会社で同じ部署だった前田さんだよ」

「少々、オ待チクダサイ……」

人工知能が黙り込み、ネットワーク上で何かを検索している。

「ソノ方モ、今夜ノ、アナタトノデートニ、期待シテイルヨウデス。先方ノクローゼットモ洋服選ビニ、時間ガ掛カッテイマス。先方ノ嗜好ヲ、考慮シテ、洋服ヲ、再選択シマス」

「ああ、頼むよ」

選ばれていた服が引っ込み、再びハンガーが回転し始めた。

「再選択ガ完了シマシタ」

差し出された濃紺の細身のスーツ、ブルーのストライプのシャツ、赤いネクタイを身につける。鏡に映った姿を見て頷いた。

「出勤予定時刻マデ、アト五分デス」

クローゼットが靴と時計と鞄を差し出した。

「どうだい？　似合ってるかな？」

全てを身につけてクローゼットに訊ねる。

「トテモ良イト思イマス。本日モ、ドウゾ良イ一日ヲ」

クローゼットが閉まると、ホバーボードが玄関へと走り出した。

「イッテラッシャイマセ」

「いってきます」

玄関の外に出ると、スタンバイしていた自動運転カーのハッチが開いて、話しかけて来る。

「オハヨウゴザイマス。本日モ会社マデ、安全運転デ、オ届ケイタシマス」

「ああ、よろしく頼むよ」

乗り込むと、自動運転カーは音もなく走り出し、透明なパイプ状の道路の中を滑るように進んで行った——。


「昔は、こんな未来が来ると思っていたなんてなあ」

顔を上げて、古びた文庫本を閉じた。

「オ客様、先程カラ浮カナイ顔ヲ、ナサッテイルヨウデスガ、何ヲ、読ンデ、イラッシャルノデスカ」

朝、自動運転タクシーに乗りながら読書をしていると、スピーカーからコンピューターの声が話しかけて来た。

「ああ、これかい？　私の父親が幼い頃に読んでいたSF小説らしいんだよ。昨日、本棚の奥から見つけてね」

「ピ、ピピ。表紙ヲスキャンシテ、検索シマス。ピピ、ピピピ。ソレハ、今カラ五十年前、一九八〇年発行ノ人気SF小説シリーズ、デスネ」

車内に搭載されたカメラのレンズに向かって背表紙を見せた瞬間、発行年を言い当てた。

「当たっているところと、まったく見当違いなところとがあって面白いよ。この当時は、こんな風に洗顔や髭剃りまでロボットがしてくれる時代が来ると思っていたなんてね」

今は西暦二〇三〇年。洗顔や髭剃りをロボットがやってくれる時代ではないが、実際に私が乗っているタクシーは自動運転で走っている。もちろん、道路は透明なパイプ状などではなく、普通の舗装されたアスファルトだ。

「イワユル〝レトロ・フューチャー〟ノ頃ノ、ＳＦ小説デスネ」

「ああ。そうだな」

車窓を流れる景色を見つめながらつぶやいた。歩道を歩いている人はどこにもいない。皆が流線型のヘルメットをかぶり、一人乗りのパーソナルモビリティに乗って移動している。数年前まで人は歩くか、自転車に乗って移動していたが、その光景が遠い昔のように感じる。

「今は〝何から何まで〟コンピューターが仕事をする時代だ。工場生産の野菜が主流になって農業は消え、自動制御の養殖技術によって漁業が消えた。コンピューターがコンピューターをプログラムして機械を生産するようになって工業も消えて、自宅でオンラインで勉強するようになって学校も消えた。病院も医者ではなくコンピューターが正確に手術をする。その意味では、このＳＦ小説で描かれている世界は、概ね当たっているんだ。でも、根本的な間違いがひとつある……」

「ピンポーン。目的地ニ、到着シマシタ。本日ハ、自動運転タクシーヲ、ゴ利用頂キ、マコトニ、アリガトウゴザイマシタ」

「着いたか」

電子マネーで速やかに支払いを終えてタクシーを降りた。到着したビルの周辺は、今日も中に入り切れず外へ溢れ出した人間たちでごった返している。

「はあ……。まったく生きているのが嫌になるよ」

数少ない整理券を奪い合っているのだろう。人混みの奥で怒号が飛び交っている。

「まったく……。このSF小説の主人公たちは、いったい何の〝仕事〟をしていたのだ？」

持っていた小説を地面に叩きつけた。

「この通り〝何から何まで〟コンピューターがやってくれる時代が来てしまったら、人間には、何も仕事など残っていないのだが……」

私は意を決して〝ハローワーク〟と書かれたビルの前の人だかりに飛び込んだ。

レストラン

――ぐうう。

一人きりの車内に腹の音が響いた。大学時代の友人が九十九里海岸の近くに念願の一軒家を新築したというので、休日に車を運転して遊びに行った帰り道だった。

「帰っちゃうの？　うちで晩ご飯食べてってよ」

「いいの、ずいぶん長居しちゃったし」

都心と違って遮る建物が何一つない広い空が、いつの間にか暗くなっていた。

「全然、気にしないで。もうすぐ旦那も帰って来るし、一緒に食べようよ」

「いーやーだー。もっとあそぼーよ」

友人の四歳の娘が人形を持って足元に絡み付いてくる。

「ごめんねー。お姉さん、明日までに終わらせなきゃいけない仕事がまだ残ってるのー」

「そっかあ。相変わらず忙しそうね。働き過ぎじゃない？」

「たぶん、好きなんだよね。私、仕事が……」

これが言い訳なのか本心なのか、最近は自分でもよく分からなくなってきた。忙しいから恋愛が上手くいかないのか、恋愛が上手くいかないから仕事で紛らわしているのか。卵が先か鶏が先か。ただ一つ言えるのは、一秒でも早く、この幸せを絵に描いたような居心地の悪い空間から逃げ出したいということだけだった。

「残念だなあ。身体気を付けてね。私たちも、もう若くないんだから」

「ほんと。最近、肩こりがひどくて腕が上がんない。四十肩かな。ははは、嫌になっちゃう」

「前に言ってた彼氏とは、上手くいってるの？」

「ううん。やだ、あんなの、とっくに別れちゃったわよ」

「そっか……でも、すぐいい人見つかるよ。あんたは昔からモテるもの」

「へへへ。実は、もう好きな人いるんだ。なーんてね。その話はまた今度。じゃあ、またね。また遊びに来るね」

「ぜったいだよー。やくそくだよー」

娘が小指を立てて見上げている。屈んで目線を合わせて指切りげんまんをしてあげる。立ち上がった瞬間、よいしょ、と口から漏れる。玄関先でいつまでも手を振る友人親子に、とびきりの笑顔でまたねと叫んで車を出した。

細部までこだわりが詰まった素敵な家だった。もうすぐあのリビングの大きな窓に掛かった白いカーテンには、親子三人の幸せな生活が影絵のように浮かび上がるのだろう。溜め息が漏れた。

――またすぐいい人みつかるよ、って。

モテていたのは昔の話だ。早くに結婚した彼女は知らないだろうが、生き馬の目を抜く広告業界の第一線でバリバリ働いているアラフォー女子に、世間の男は冷たい。ライバルや戦友みたいな関係がほとんどで、誰も恋愛相手として見てはくれない。この間、初めて婚活パーティーに顔を出してみたが、外見も中身も冴えない、この世の売れ残りみたいな男ばかりで、時間を無駄にしただけだった。仕事でいい男をたくさん見ているだけに、あいうパーティーは酷だ。

――ぐううう。ああ、お腹減った。

国道沿いでひときわ明るくファミリーレストランの看板が光っている。アンガス牛ステーキ&ハンバーグ・フェアと書かれた巨大なのぼりが、ライトアップされて揺れている。でもなあ。せっかく千葉の外房まで来たんだもの。こんなチェーン店のファミレスは嫌よね。店内でまた幸せな家族の姿を見るのも辛いし。何かもっと、この土地ならではの美味しい魚なんかを出してくれる店はないかしら。

――あっ。ここはどうかなあ。

昭和を感じる薄暗い蛍光灯看板の灯った小さな定食屋が見えた。刺身、煮付け、地魚料理と書かれている。店の前に三台ほど停められそうな駐車スペースがあるが、一台も停まっていない。もう閉まっちゃったのかな。いや、まだやってそうね。でもなあ。これは、不味いから空いてるパターンが濃厚かな。やめとこう。いや、でも。こういう地味な店に限って、味は抜群ってパターンもあるのよね……。とか何とか考えているうちに、店はバックミラーの彼方に消えて行った。通り過ぎちゃった。まあ、いっか。縁がなかったって事で。あの店構えに飛び込みで入るのは勇気がいるもの。私が悪いんじゃない。店側の営業努力が足りないのよ。たぶん、今日まで私みたいな客をいっぱい逃してるのに、店主は気づいてないのよね。そもそも、マーケティングの大切さってものを昔の人はまるで分かってないのよ。黙ってても客が来ると思ってさ……。

——ぐううう。

また腹が鳴った。気休めにラジオをつけてみる。普段は耳にしない地元のローカル番組が流れた。とくに内容のないゆるいトークが延々と続いていく。初めはほのぼのとした雰囲気に癒される感覚がしたが、だんだん苛々してくる。この出演者たちもまた、他人に興味を持ってもらうことの難しさと大切さをまったく分かってない。こんなだらだらした話し方じゃあダメよ。不愉快。聞いてくれる人に失礼。こういう、意識が低くて〝なんとなく作られているもの〟を、世の中からなくすために、私は日々、プライドを持って仕事をしているのに。

――ああ、嫌だ。嫌だ。

ラジオを消して、お気に入りのテクノ・ミュージックを大音量で流した。車窓を過ぎ去っていく街灯と音楽のビートが、少しの間、シンクロしてミュージック・ビデオのように見えた。ちょっとだけ気分が上がった。

――あっ。らーめん屋さん、見っけ。

黒い外壁で覆われたモダンな店構えが、この辺の店にしては珍しく洒落ている。車の速度を落として近づいていくと、看板の下に〝地元産にこだわったあっさり魚介醬油らーめん〟の文字が見えた。願ったり叶ったりだ。最近は歳のせいか、脂っこい食べ物が苦手になってきた。この店、いいかもしれない。よし。

――カチカチカチ。

それまで建物の影になって見えなかったが、ウィンカーを出して車を駐車場に入れようとした瞬間、店の入り口に十人程度の行列が出来ているのが見えた。うわっ！　慌ててウィンカーを消して、元の車線に戻った。こんなに並んでるの？　びっくり。でも、私、そこまでして今、らーめんを食べたい訳じゃないし。昔から飲食店の行列が苦手なのよね。その腹を空かせて待っている間に期待が高まって、ハードルが上がってしまうのがダメ。その食べ物が例えどんなに美味しくても、結局満足出来ない食事になってしまう気がして。

――あ、とんかつ屋だ。ぐぅう。

空腹に負けて一瞬、惹かれたが、すぐに冷静になった。違う、違う。そうじゃない。探していたのは〝地元の魚〟を出す店。どんなにお腹が減ってても、脂っこいのは絶対ナシ。この時間のとんかつは、明日の胃もたれの予約をするようなものよ。落ち着け、私。そのうち、もっといい店が出てくるから。

――あっ、お寿司屋さんだ。いいかも！

小さいが高級感のある佇まいの寿司屋が見えた。そうか。その手があったか。海のものを食べたかったら、寿司に敵うものはない。なぜこの選択肢に今まで気づかなかったのだろう。車の速度を落とした。しかし、店の前まで行くと、店主がちょうど暖簾を下ろしているところだった。

――ぐうううう。

ひときわ豪快に腹が鳴った。ちょっと、このままだとやばいかも……。さすがにそろそろどこかに入らなくては。マズい。ここから先は、どんどん店が閉まっていく時間帯だ。ハザードランプを点けて車を路肩に寄せ、スマホでグルメサイトを開いた。現在地を入力して、候補に上がって来る店を一軒ずつ開いては閉じる。評価の星の数、場所、店の雰囲気、料理の写真、口コミ、メニュー、営業時間、定休日。なかなか希望に適う店がない。

――へえー。こんな店があるんだ。いいかも。

現在地からは少し遠いが、地元の食材を使った隠れ家的なイタリアンで、夜遅くまで営業しているらしい。口コミの評判も良く、書き込みを見ると、リピーターがかなり多いようだ。よし、ここにしよう。本来のルートからは少し逸れるけど、背に腹は代えられない。電話をかけて予約をし、カーナビに住所を入力して、道路案内を開始した。

――五丁目交差点を右です。その先、道なりです。

無機質な声の案内に導かれて、どんどん寂れた裏通りへと入って行く。こんな所に名店があるのだろうか。期待が不安へと変わってゆく。

――目的地、周辺です。案内を終了します。

えっ？　唐突にナビの案内が終了した。車を止めて外に出てみたが、辺りは静まり返っていて、飲食店のような看板や建物はどこにも見当たらない。

――お店、どこ？

もう一度サイトを開いて地図を確認すると、やはりここを指している。あらためて、目の前のれんが造りの一軒家の表札をよく見てみると、そこに店の名前が書かれた小さな金属のプレートが貼られていた。想像以上の隠れ家風情だった。看板、これ？　なんて分かりにくいの。店内がやけに暗いけど、大丈夫かしら。

恐る恐る重厚な木製の扉を開けると、若い女性店員が笑顔で出迎えてくれた。

「いらっしゃいませ。ご予約のお客様ですか？」

「はい」

「えーと……おひとり様で、お車ですか？」

「ええ」

「当店、夜九時以降はバーとしての営業のみですが、よろしいでしょうか？」

「えっ、食べ物はないんですか？」

「申し訳ございません。シェフが高齢で、もう帰宅してしまいましたので、おつまみ程度のナッツ類でしたら……」

「そんな……」

そっと扉を閉めて店を出た。

——ぐうううう。

夜の静寂に腹の音が響いた。天を仰ぐと、無数の星が輝いていた。こんな星空は都心では決して見られない。

「あああ。どうして！　どうしてなの！」

悔しさで、涙が頬を滑り落ちる。

「私って、いつもこう！　欲張って、もっといいものが、もっといいものがあるはず、もっと、もっと、もっと、もっと、って思ってるうちに、結局何も手に入れられず終い……」

ふと、数年前に別れた彼氏の顔が思い浮かんだ。もっといい人がいるかもしれないと思って別れたけれど、彼以上の人には巡り会えずにいる。

「ああ、もう。結婚も出来ずに、気づいたらこんな歳……。びえーん！　びえーん！」

——にゃお。

人目をはばからず号泣していると、一匹の猫がこちらを見上げて鳴いた。

「ぐすん……。どうしたの？　あなたもひとりぼっちなの？」

シャツの袖で涙と鼻水を拭いて、やさしく手を伸ばすと猫はてくてくと歩き去り、遠巻きに見ていた子猫と合流して路地に消えて行った。

——ちっ！

昼間に会った友人親子を思い出して、自分でもびっくりするくらいのボリュームの舌打ちが出た。

交通事故

「暑い……」

夜十時。昼の暑さは夜になっても収まる気配はなく、電車を降りた瞬間、湿った熱気が皮膚にまとわりついて来る。都心から電車を乗り継いで一時間。ここからさらに二十分歩いたところに家はある。

改札を抜けて駅前の商店街をしばらく進むと、街灯に照らされて電信柱にまだ新しい花束が供えられているのが見えた。この辺りは下町ならではの気性の荒い人たちが多く、昼間はクラクションがひっきりなしに鳴り響いている。狭い道路の両脇に好き勝手に停められた自転車が歩行者を車道に押し出し、そこへなかなか進めずに苛立った自動車が突っこんで来る、交通事故が絶えない通りだった。

駅から離れるほどに徐々に街灯が減って暗くなっていく。気づけば一緒に駅を出た乗客たちの姿もなくなり、通りを歩いているのは一人だけになっていた。暑さとは裏腹に背筋がぶるっと震えた。自然と歩く速度が速くなって行く。

「おかえりなさい」

家に着いてリビングのドアを開けると、妻がソファに寝転がりテレビを観ていた。

「おかえりじゃないよ。ああ、もう。暑いし遠いし不気味だし」

結婚と同時に購入した小さな建て売り住宅。二人にとってはまるで馴染みのない土地だったが、住宅ローンの返済を考えると現実的に都内で買えるのはこの物件が限度だった。頑張って叶えた夢は、甘い理想の上ではなく、塩辛い現実の上に建っていた。

「……おつかれさま。どうしたの？　いらいらして」

「お前がいらいらさせるんだろ。玄関。片付けとけって言ったろ」

明らかに収納力の足りない小さな下駄箱から溢れた靴で玄関はすぐに足の踏み場がなくなってしまう。

「……ごめんなさい。今すぐ片付けるから」

「今やる、今やるって、いつもいつも。ちゃんとしてくれよ。掃除はお前の担当だろ？」

絞れば滴るほどに濡れたハンカチで汗を拭いながら、鞄と上着を床に散らかして夫はソファに倒れ込んだ。

夫婦は共働きで家事は分担制になっている。だが、分担といっても比較的早く仕事の終わる妻が掃除、洗濯、料理のすべてを担当していて、夫の方は朝のゴミ出しとたまの愛犬の散歩だけである。言うなれば、夫は住宅ローンを一日も早く完済するために遅くまで働くのが担当だった。

「ただいま。レオン」

夫が部屋の隅で眠っていたビーグル犬の頭を撫でた。犬は片目を開けて主人を見やると、興味なさげにすぐにまた夢の中に戻っていった。

夫がキッチンへ行き、冷蔵庫から麦茶を出してコップに注ぐ。シンクに汚れたまま放置された食器が積まれていた。玄関を片付け終えた妻が戻って来た。

「なあ。食べたらすぐ洗えよ」

「……ごめんなさい。私だっていろいろ忙しいの。今ようやく一息つけたところなんだから」

いくら夫よりも早く帰宅しているとはいえ、すべての家事を担当している妻にも物理的に時間は足りない。

「言い訳するなよ。二人で決めたルールだろ」

「そうだけど……。ごめんなさい」

「結婚する前は、気が利く良い女だと思ってたのになあ」

夫が捨て台詞を残して、バスルームに入っていく。その後ろを妻が付いて行き、脱ぎ散らかされた夫の服を拾い上げて洗濯籠に入れる。色物と白物に分けて洗濯機を回したところで、バスルームの中から声がした。

「シャンプーがないぞ」

「え?」

「だから、おれのシャンプーがないって」

夫の苛立った声がバスルームに反響して、怒りの感情までも増幅しているようだった。

「そんな……私と違うのを使ってるんだから、あなたのシャンプーの残りまでは分からないわよ」

「毎日風呂を掃除してたら分かるだろ? ボトル持ち上げたときに軽いなとか、重いなとか」

妻は黙っていた。

「どうせお前、掃除してないんだろ。ほら、やっぱり。シャンプーボトルの底、ぬるぬるじゃないか。これだから……」

「……もう、分かったってば! ごめんなさい、って!」

沈黙が流れた。

「今日は私のシャンプー使って。明日ちゃんと買っておくから……」

「ったく。天井の隅もカビが生えてるぞ。せっかく買った家が泣いてるよ。しっかりしろよ。掃除はお前の担当だろ?」

「……ごめんなさい」

力なくつぶやいて、妻はキッチンに戻った。カレーの入った鍋を火にかけて温め直す。市販のルーは使わず、スパイスから調合して作ったこだわりの野菜カレーだ。付け合わせに簡単なサラダを作っていると、涙が溢れた。

私は何をやっているんだろう。いつからこんな夫婦になってしまったんだろう。自分を責める気持ちと夫を責める気持ちが、交互に波のように寄せては返す。十六穀米のご飯を皿に盛りつけて、カレーをよそったところで、タオルで頭を拭きながら夫が現れた。

「何だよこれ。今日もまた気色の悪い飯だなあ」

夫が眉間にしわを寄せて皿を睨んでいる。

「……体にいいのよ」

夫が冷蔵庫から缶ビールを取り出してプシュッと開けた。

「ただでさえ暑くて食欲がないんだよ。少しはまともな飯を作ってくれよ」

「そんな言い方しなくても……」

「どう考えてもこれはまともじゃないだろ。紫の飯に緑のカレーだぞ?」

「……ごめんなさい」

「ったく。カレーは普通のカレーでいいんだよ」

文句を言いながら夫がダイニングの椅子に座った。テレビではクイズ番組が流れている。

妻は自分用にカモミールのハーブティーを淹れて夫の向かいの椅子に座った。

「……この番組面白いのよ」

「あっそ」

沈黙を嫌って妻が話しかけると、夫は冷たい相づちを打った。

「あのね、今日、駅前の商店街で事故が……」

「おえっ。何だよ、このカレー」

妻の話を遮って、夫がカレーをどろっと吐き出した。

「あ、あのね。違うの。違うの。ほうれん草とゴーヤをすり下ろして入れてて。だから、だから、ちょっと苦いけど、体にいいから」

「こんなもん食えるかよ！」

「……体にいいから」

「いい加減にしろよ。いつもいつも、体にいいか知らないけど、お前の料理はどれも不味いんだよ。なあ、頼むからちゃんと作ってくれよ！」

「……ごめんなさい」

「おれはこの時間まで働いてんだぞ！　おれはおれの担当の仕事をちゃんとやってんだろ？　だったら、お前はお前の担当をちゃんとやれよ」

「……ごめんなさい」

――ピロリロピロリロ。

脱衣所から洗濯終了の音が鳴って、妻が逃げるように立ち去った。

「ぺっ！」

夫は皿に苦い唾を吐き、缶ビールだけを持ってリビングのソファに移動した。テレビからはまだクイズ番組が流れている。

『さて、ではここで問題です。長い間、不法投棄に悩まされていたこの土地の所有者が、ある驚きの方法で不法投棄を激減させました。その驚きの方法とは何でしょう？』

空の胃袋にビールを流し込む。夏バテの原因が、夫の健康を考えて作った妻の料理というのは皮肉な話だ。しかし、いくら腹が減っていてもあのカレーは食えない。

濡れた洗濯物の入った籠を持って妻がリビングに戻って来た。ベランダに出ようと窓を開けた瞬間、むっと熱風が吹き込んできた。

「暑っ……」

夫が顔をしかめた。

「……ごめんなさい」

妻は外に出て窓を閉め、洗濯物を干し始めた。テレビでは回答者がフリップを出してそれぞれの答えを説明している。

『なるほど。それでは、正解を見てみましょう』

画面が現場をレポートするＶＴＲに切り替わった。

『たぶん、この辺だと思うんですが。いったい何があるんでしょうか。あっ！』

レポーターの女性がかつての不法投棄場所へと歩み寄り、驚いた表情で振り返った。

『はい、皆さん、もうお分かりですね。正解は〝鳥居〟を作った、でした。罰が当たることを怖れて、捨てる人が激減したのだそうです』

平気で不法投棄をするような不届き者にも神様を畏怖する気持ちがあるとは、つくづく人間というのは不思議な生き物だ。しかし考えてみれば、神社で手を合わせる時、人は誰でも素直な良い子になるのかもしれない。神様に自分の幸せを願うことはあっても、誰かに罰を当ててくれと願う者はいないのかもしれない。誰かの不幸など願ったら、逆に自分に罰が当たるような気がする。

洗濯物を干し終えた妻が、ベランダから戻ってきた。Tシャツの背中に汗が滲んでいる。

テーブルの上を悲しそうに見つめた。

「カレー、もう……、食べないの？」

「食べない」

「少しは食べた？」

「一口で吐いた」

妻は汗と涙をTシャツの肩口でぬぐった。

「……ごめんなさい。本当にごめんね。……私ってダメな女だわ」

震える手で皿の残飯をゴミ箱に捨て、鍋の中のカレーを捨て、食器を洗い、キッチンを掃除して、最後にゴミ箱から袋を出してその口を堅く縛った。

妻がすべての家事を終えてダイニングの椅子に座り直し、深呼吸を一つして、カップの中で冷たくなったカモミールティーを啜った。

「……あのね。今日、駅前の商店街で事故が……」

「なあ。そのゴミ。明日でよくない?」

妻の話をぴしゃりと遮って、夫がキッチンに置かれたゴミ袋を睨んでいる。

「今そこに出したらさ、生ゴミとカレーの臭いが部屋に充満するだろ」

「でも……」

「なんで今出すんだよ」

「だって……。この前も出し忘れたでしょう。朝はお互いバタバタしてるし……」

「ゴミはおれの担当だろ。おれが朝やるって言ってるんだから勝手なことするなって。臭くて酒が不味くなる」

妻はなぜか腹が立たなかった。カモミールティーにはリラックス効果があるという。そのおかげかもしれない。

「……ごめんなさい」

「ああ、なんか眠い。寝るわ、もう」

妻はなるべく平静を装って話を続けた。

「あのね、今日、駅前の商店街で事故があったの……」

「おやすみ」

夫がベッドルームへ消えて行った。一人残されたリビングに、テレビの音が響いている。クイズ番組が終わり、サプライズでプロポーズをする男性を追い掛ける恋愛バラエティ番組になっていた。それを見て、妻は自分の左手の薬指の指輪をそっと外した。裏側には二人のイニシャルと夫からの愛の言葉が刻印されている。涙が出た。ごめんなさい。ごめんなさい。ごめんなさい。妻は立ち上がってキッチンに戻り、安堵の表情でゴミ袋に抱きついた。


——あのね、今日、駅前の商店街でまた事故があったの。パトカーも救急車も来て、ひどい事故だったみたい。本当に危ないわよね、あの通り。さっきあなたが帰って来る前、テレビでこんな問題をやっていたわ。『自動車と通行人の接触事故の絶えなかった道路を、ある驚きの方法で事故をゼロにしました。その方法とは何でしょう?』って。まるでうちの商店街みたいでしょう。その答えがね、『道路の車線を消した』だったの。人間って不思議な生き物でね、ここからここまでが自分の範囲って決められると、そのルールを守らない人に苛々して思いやりがなくなるんだって。

ゴミ袋には大量の睡眠薬の入ったカレーが入っている。明日の朝、このゴミは自分が捨てよう。もう家事の分担なんてやめよう。妻は強く心に言い聞かせた。

おふくろの味

「お客さん、もう閉店ですよ」

居酒屋のアルバイト店員が店先の暖簾を仕舞い、看板の電気を消すと、カウンターに突っ伏して眠っていた男の肩を叩いた。

「ああ」男は顔を上げて目を擦った。「会計してくれ」

客の男は三十歳を過ぎても定職にも就かず、実家からの仕送りとたまのアルバイトでその日暮らしの生活を続けていた。男は特別に裕福な家庭に生まれた訳ではない。田舎で農業を営む両親は、俳優になると言って家を出た息子の夢を今でも息子より信じているのだ。だが、男は入っていた小さな劇団を五年も前に辞めたことをまだ両親に伝えていない。昨日入金された今月分の仕送りもパチンコで使い果たしてしまった。

「二千四百円ね」店主のおばちゃんが伝票を差し出した。「まったくもう。うちは料理が売りだってのに安い酒ばっかり飲んで、何にも食べやしない。あんた、見るたびに痩せてくけど、ちゃんと食べてんのかい」

「ふん、余計なお世話だよ」

男がポケットの中の有り金を掴んでカウンターにばらまいた。生温かい小銭を数えると、ぎりぎりで代金に届いた。

「はい、ちゃんと着て。風邪ひくよ」

「うるせえなあ。母親ぶるなよ、気持ち悪りぃ」

おばちゃんが渡したコートを乱暴に受け取って、男はふらふらと表に出た。風が冷たい。十二月に入ってから寒さが一層厳しくなった。

人影のない廃《すた》れた商店街を、簡素なクリスマスのイルミネーションが虚しく彩っている。男の酔って焦点の定まらない目には、まばらなＬＥＤの青白い粒が何重にもぶれて実際よりも豪華に映った。

「何がクリスマスだよ」

急に体が冷えて男は尿意を催した。薄暗い路地へ入り、電信柱に向かってズボンのチャックを下ろした。

「ああ、腹減ったなあ」

用を足しながら眠気が襲ってきた。何度も落ちそうになったが、その度にぶるっと寒気がして目が覚めた。

――シャンシャン。

どこからか奇妙な金属音が聞こえてくる。初めは幻聴かと思ったが、そうではない。奇妙な金属音はスピードを上げて、どんどん近づいて来る。

「何だ！　何だ！　何だ！」

男が振り返った、その瞬間だった。

――ドーン。

鈍い衝撃と共に男の体は弾き飛ばされた。一緒に小便の黄色いアーチも宙を舞う。ぶつかった瞬間、ごわごわした毛の感触と、強烈な獣の臭いを感じた。

「……？」

男が放心状態で道路に寝転がっていると、鼻息の荒い大きな生き物が露わになったままの男の股間を舐めた。

「ひえっ！」

男は慌ててズボンを上げて体を起こした。生き物がトナカイであることはすぐに分かった。引いていた橇《そり》に、見覚えのある赤い服を着た白髭の老人が乗っていたのだ。

「これ、これ。ダッシャー、ダンサー、おとなしくなさい！」

トナカイたちは皆、興奮気味に鼻から白い息を吐いているが、中でも先頭の二頭がアスファルトを蹴って大暴れしている。

「すまんのう」サンタクロースが橇を降り、呑気に男の肩に手をかけた。「今日は少しトナカイの機嫌が悪いようじゃ。大丈夫かね、怪我はないか」

痛いところはなかった。しかし、男はチャンスだと思った。

「怪我？　あるよ。痛たたた。うわっ、首が。痛たたたた」

男は顔を歪めて屈み込み、これ見よがしに首をさすった。

「首を痛めたのか？」

サンタが男に歩み寄って手を伸ばした。

「やめろ！　触るな！　痛たたた」男はサンタの手を払って睨みつけた。「おい、この怪我、どうしてくれんだよ！」

「ふぉっ、ふぉっ、ふぉっ。下手な芝居はおやめなさい」サンタが首を横に振った。「嘘つきはプレゼントをもらえんぞ。すまんが、わしは急いどるんじゃ。世界中の〝良い子〟たちが待っておる」

サンタはそそくさと橇に乗り込んだ。

「待て待て待て！　逃げる気だな。だいいち、あんたが本物のサンタだって証拠もねえ！」

「しかし、わしは本物のサンタクロースじゃよ」

「どうやって証明すんだよ」

「証明は出来ない。皆のわしを信じる心がすべてじゃ」

「あんたがもし本物のサンタだとしたら、こんな日に何やってんだよ。あんたの仕事はクリスマスにプレゼントを配ることじゃねえのかよ。まだ十二月に入ったばっかりだぜ？ジジイ、耄碌《もうろく》したか？」

「ふぉっ、ふぉっ、ふぉっ。耄碌なんてしておらんよ。皆が勘違いしておるが、サンタクロースの仕事は、クリスマスにプレゼントを配ることではない」

喋りながらサンタがトナカイを摩《さす》っている。暴れていた二頭もようやく落ち着きを取り戻し始めた。

「わしのような老人が一人で世界中の家に、一晩でプレゼントを配れると思うか？　わしが世界中の子供のおもちゃの流行を把握してると思うか？　まさか。そんなはずがないじゃろう」

「じゃあ、サンタの仕事は何だって言うんだよ」

「それはな、〝クリスマスに大切な人にプレゼントをあげたくなる気持ち〟を配って回ることじゃよ。まあ、お前さんのように、大切な人がいない人間には理解出来ないじゃろうが」

「何だと……」

「お前さんのような嘘つきは、今年も誰からもプレゼントをもらえんだろうな。いや、大好きなママとパパからは、もらえるかな？　どれどれ」

サンタが男に手をかざして目を閉じた。

「お前さん、去年はパパとママから大きな液晶テレビをもらったようじゃな。ほう、演技の勉強をするとか何とか偉そうなことを言って。一緒に大量の野菜も届いておるな。愛されとるなあ。ふぉっ、ふぉっ、ふぉっ」

「うるせえ！　馬鹿にしやがって！」

「馬鹿にはしとらんよ。どこの親も自分の子供には甘いもんじゃ」

「黙れ！　おい、首……。首を痛めたんだよ。治療費！　金を置いてけよ。ぶつけたら相手に治療費を払うのが筋だろ！」

「困りましたなあ」サンタは首をすくめた。「あいにく、わしはお金を持っておらんのじゃよ」

「悪いのはあんたのほうだろ！　誠意を見せろよ、誠意を！」

激高する男を哀れむように、サンタがため息をついた。沈黙の時間が流れる。トナカイたちはただならぬ空気を察知した様子で、道路にへたり込んで大人しくサンタの顔を見上げている。

「仕方ないのう」サンタが橇から白い布製の大きな袋を取り出した。「では、お前さんの望む物をひとつプレゼントしよう」

男はにやりと笑った。

「サンタなら、そうこなくっちゃな。おい、何でもいいのか？」

「そうじゃのう。わしが直接誰かにプレゼントをあげることはあまりないんじゃがなあ。今日は特別だ。何でも言ってみなさい」

男はしばらく考え込んで、何かを言いかけると、にやっと笑い、また考え込む。その動作を何度繰り返しただろうか。男の腹がぐうと鳴った。

「早くしてくれないか。わしは急いどるんじゃ」

「じゃあ、働かなくても一生食って行ける分の金をくれ」

男がいやらしい上目遣いで、手を差し出した。

「そうか。では……」サンタは顔色ひとつ変えず、袋の中に手を入れて何かを探し始めた。

「しかし、サンタは直接お金をあげることは出来ないんじゃや。だから、こういうものでいいかな？」

袋から出てきたのは肉の塊だった。アニメの中で原始人が食べているような、骨が持ち手になった巨大な肉の塊が、男の目の前でじゅうじゅうと美味そうな音と湯気を立てている。

「肉……？」

男は半信半疑で肉を受け取った。衛生的にも、状況的にも、かなり怪しいとは思ったが、ものすごくいい匂いをしている。男は吸い寄せられるように肉に齧り付いた。

「う、美味っ！」

「お前さんの一番好きな味じゃろう」

「美味すぎる！　何だ、この絶妙に〝甘い〟味付けは！」

男は一心不乱に肉を頬張った。

「そうじゃろう。お前さんの大好きな〝甘さ〟じゃろう？」

男は何かに取り憑かれたようにむしゃぶりつき、巨大な肉の塊はあっという間に骨だけになった。

「おい、なくなっちまったぞ。おれは一生分と言ったんだ」

「心配は要らんよ。その骨を振り回してみなさい」

男は言われるがままに骨をぶんぶんと振り回した。すると、骨の周りに再び肉が現れた。いい匂いだ。

「何だこれは……どうなってんだ」

「どうだ。これなら一生食べ物に困ることはあるまい」

男は再び肉の塊に齧り付いた。トナカイたちは男の肉食動物感丸出しの様子を見て、完全に引いている。

「ふぉっ、ふぉっ、ふぉっ。気に入ってもらえたようじゃな。では、わしはこれで」

――シャンシャン。

橇が滑らかに空へ滑り出し、すぐにベルの音は聞こえなくなった。

「美味い！　美味すぎるー」

男が再び肉を食べ尽して骨を振り回すと、また肉が現れる。男はサンタの消えた夜空に向かって奇声をあげた。


「ぎゃー！　助けて！　誰か！　助けて！」

深夜、病室からナースコールが入った。

「ど、どうしました？」

宿直の看護師がインターホンに出た。

「息子が！　息子が！　ぎゃー！　痛たたた！　助けて！」

ナースコールは交通事故に遭って意識不明で運び込まれた男性の部屋からで、声の主は付き添いで看病していた母親だった。

「息子さん、意識が戻ったんですか！」

「意識は……あるのか、ないのか……。ぎゃー、痛たた！　痛たた！　助けて下さい！」

「すぐに行きます！」

看護師が病室に駆け付けると、病室の床は一面血の海になっていた。

「ど、どうしたんですか！」

看護師が取っ組み合っている親子を引き離そうとするが、男の噛み付く力が強くて女性の力ではどうすることも出来ない。

「突然、この子が私に噛み付いて来たんです！」

男は夢でも見ているのだろう。白目を剝いたまま、ひゃっほー、美味い、美味い、と叫びながら母親のスネを齧っている。

ホテル

――ギイイイイ。

連泊している古いビジネスホテルの一室。軋むドアを開けて、中に入った瞬間、嫌な感じがした。昨日までと何かが違うような気がした。

ドアを閉めて、すぐ左にある小さなクローゼットスペースの前でシャツの襟元を緩め、ネクタイを外してハンガーに掛けた。梅雨の季節。それほど暑いわけではないが、首元にじっとりと汗をかいていた。湿気のせいだろうか。何となく息苦しい。エアコンの運転ボタンを押して、靴も脱がずにベッドに寝転がった。

――疲れた……。

とんだブラック企業に就職してしまった。大学時代に飲み会でよく使っていたからという軽い気持ちでこの居酒屋チェーンに入社したのが運の尽きだった。入社早々、幹部候補として良くも悪くも特別扱いされ、すぐに月に二百時間を超えるサービス残業を強要されるようになった。同期の仲間がどんどん辞めていく中、出世街道を驀進《ばくしん》した。出世すれば、いつか仕事が楽になると信じて文句も言わず会社に従って来たが、身体も心もボロボロになる一方だ。この研修旅行だって福利厚生とは名ばかりで、朝から晩まで経営や接客のセミナーを受けさせられている。

——ボォーッ。

天井に埋め込まれたエアコンから冷たい風が吹き出す。静かな室内。ベッドのヘッドボードに埋め込まれたアナログ時計がザッザッと音を響かせている。息苦しくて呼吸が浅いせいだろうか。こめかみの辺りから聴こえる自分の鼓動が少しずつ早まって、時計の秒針を追い越していくのが分かった。

——パシン。

突然、テレビが点いた。背中で間違ってリモコンを押してしまったのか。しかし、次の瞬間、またパシンと音を立てて、テレビは消えた。見ると、テレビの脇にリモコンはきちんと置かれていた。まあ、いい。誤作動か何かだろう。それにしても暑い。部屋に入ってからずっと汗が止まらない。喉が渇いて死にそうだった。起き上がって冷蔵庫の扉に手をかける。数日前、ペットボトルのミネラルウォーターを買って入れてあったはずだ。だが、冷蔵庫は空だった。

——飲んでしまったかな……。

もはや今からコンビニに行く気力も体力もない。自動販売機もあいにく別のフロアにある。バスルームへ行き、水道の蛇口に口を付けた。

――うっ。ぐっ。ぐっ……。

カルキ臭の向こうで錆びた鉄の味がした。ごほっ、ごほっ。変な姿勢で飲んだせいで水が気管に入った。ついてない。涙が出るほどむせ返り、ようやく頭を上げると、まるで生気のない自分の顔が鏡に映っていた。

ただでさえ息苦しいのに、激しくむせたせいで、肺に激痛が走った。

ベッドに戻ってもう一度、横になった。はあ、はあ。ぜえ、ぜえ。なんだか今日は落着かない。この奇妙な違和感を上手く言い表せないのだが、昨日までとは明らかに何かが違う感覚がした。いつもはカビ臭いシーツから、子供の頃に嗅いだ蚊取り線香の香りがした。

そういえば、部屋がいつもより綺麗に清掃されているような気がする。薄汚れたカーペットもタバコのヤニで黄ばんでいた壁紙も、昨日よりも全体的にワントーンくすみが晴れている気がする。汗ばんだ手のひらにザラザラした白い粒がついた。自分が出かけている間に、何か特別な薬品でも使って念入りに清掃したのだろうか。

――あれ？　こんな絵、あったか？

高層ビル群に囲まれたビジネスホテルにはまるで似合わない、底抜けに明るい真夏のビーチが描かれた風景画が飾られている。中途半端な高さに不安定に掛けられたその絵は、見ているとなぜか無性に気分が悪くなっていく。まるでそこからとてつもない邪気が放たれているかのように。

――もしかして……。

嫌な予感がした。ホテルは霊を供養する御札を隠すために絵画を飾ることがあるという。そんなものは都市伝説だと思っていた。

――まさか。

おもむろにベッドに立って、額縁に手を掛けた。持ち上げようとすると、意外に重厚で重みがあった。絵に両手を添えたその瞬間、感電したように全身が硬直してがたがたと痙攣し始めた。まずい！　そう思った時にはもう遅かった。

――チカチカチカ。

部屋の電気が点滅している。絵から手を離そうとしてもどうすることも出来ない。次の瞬間、視界がぐにゃりと歪んで、全身の力が抜けた。ベッドに膝から崩れ、そのままバウンドして床に転げ落ちた。

――ゴトン。

体を追いかけるようにして、壁から外れた絵が床に落ちた。

――ああ、やっぱり……。

遠退く意識の中、絵の掛かっていた場所に御札が貼られているのが見えた。

どれくらい時間が経ったのだろう。意識が戻るにつれて、だんだん視界もはっきりして、自分が床の上に寝ていることが分かった。夢だったのか。いや、壁を見ると、やはりそこには御札が貼ってある。どうやら夢ではなかったらしい。

――ガチャガチャ。ガチャガチャ。

誰かが部屋のドアを開けようとしている。誰だ……こんな夜中に。立ち上がろうとするのだが、まだ体が動かない。なぜだ！　意識ははっきりしているのに動こうとすればするほど体は固まっていく。まずい。金縛りだ……。

――ガチャガチャガチャガチャガチャ。

やめろ！　叫ぼうとしても口からは掠れた空気が漏れるだけで声にならない。ドアノブを回す音はどんどん激しさを増していく。

――チカチカチカ。

再び部屋の電気が点滅を始めた。それに合わせてテレビも点いたり消えたりを繰り返す。閉じてあるはずの窓からまるで突風が吹き込んでいるかのようにカーテンが大きくうねり出した。ボオーッ。エアコンから氷点下の冷風が吹き出して来る。

――ガチャガチャ。ガチャガチャ。……カチャン。

ドアノブを回す音が止んで、とうとう鍵が開いた。やめろ！　来るな！。

――ギイイイ。

ドアが開いた瞬間、それまでの怪奇現象は嘘のように収まり、一転して部屋は静寂に包まれた。

――シャッ、シャッ。

誰かが入って来た。一歩一歩、衣擦れの音が近づいてくる。

――帰れ！　来るな！

だが、どんなに叫ぼうとしても声は出ない。

――シャッ、シャッ。

何者かが近づいている。来るな！　目を固く閉じて念じる。衣擦れの音がすぐ耳元で止まった。

恐る恐る目を開けてみると、青白い顔の女が立っていた。床に倒れているこちらのことなど気に掛ける様子もなく、ただ呆然と立ちすくんでいる。

――なんだ……この女は。

ほどなくして女は再びシャッ、シャッという衣擦れの音を立てて部屋を出ていった。もうこれが夢なのか、現実なのか分からない。ただ、心の底から安堵していた。ふうっと溜め息をつくと、心と体が無重力になったように空へ浮き上がる感覚に包まれた。

――きっとひどく疲れているんだ。眠ろう、このまま。久しぶりに、今夜はよく眠れそうだ……。

——チーン。

「すいません！」

真夜中のホテルのフロントデスクのベルが鳴った。

「はい。どうなさいましたか。あ、先ほどチェックインされたお客さま……」

「何なのよ！　あの部屋！」

「……どうかなさいましたか？」

「どうもこうもないわよ！　なかなか鍵は開かないし、やっと開いて中に入ったら、床に絵が落ちていて、壁に御札が貼られてあるし！　ものすごく気味が悪いわ！」

「申し訳ありません！　すぐ別の部屋をご用意致しますので……」

スタッフが慌ててパソコンを叩き始めた。

「あの部屋、霊が出るんですか？」

「いえ、いえ！」

まさか、連泊していた青年が今朝その部屋で過労死しました、とは口が裂けても言えない。昼間、除霊を終えた住職に〝霊自身がまだ自分が死んだことに気づいていないかもしれませんから、今晩はこの部屋にお客さまをお泊めするのはおよしなさい〟と忠告されたのに、それを無視したことも、言えるわけがない。

「お客様。申し訳ございません。別のお部屋がご用意出来ました。エクストラ・ツインの広いタイプのお部屋ですが、料金はシングルで結構ですので……」

「あら、そう。じゃあ、そうして。急いでもらえる？」

「ご不快な思いをさせてしまい、大変申し訳ございませんでした。どうぞごゆっくりお休みくださいませ……。どうかごゆっくりお休みくださいませ。どうか、どうか……」

手をこすり合わせてつぶやくスタッフの言葉は、エレベーターに向かって歩き出した女性客の背中ではなく、明らかにここにはいない誰かに向かって何度も繰り返されていた。

耳鳴り

ガレージの奥から自転車を引っ張り出して、掛けてあったナイロン製の薄いカバーを勢い良くはがすと、埃がきらきらと陽光を反射して舞い上がった。つぶれたタイヤに空気を入れ、座面を手で払ってサドルに跨がる。ゆっくりとペダルを漕いでみると、チェーンがキイキイと悲鳴を上げて走り出し、止まろうとすると今度はブレーキがキーッと奇声を上げた。

「あら。やっとあなたも自転車で通勤する気になったのね」玄関から妻が幼い我が子を抱きながら顔を出した。「これで少しは家計が助かるわ」

「ああ。こうもガソリンが値上がりされたんじゃ敵わない。潤滑オイルのスプレー持って来てくれ」

オイルをチェーンに吹き付け、スーツにリュックサックというアンバランスな格好で会社へと走り出した。リュックは以前に登山用に買っていたものだった。まさかこんな使い方をする日が来るとは思いもしなかった。

今朝も相変わらず車道に自動車は少ない。今年に入ってからの急激なガソリン価格の高騰で、ハイブリッドカーに乗っている私ですら自動車通勤を諦めざるを得なくなったのだ。今や通勤時間帯の車道は自転車の大群が占拠しているため、自動車や路線バスは思うようには進まない。もはや自動車で通勤するメリットがなくなってしまったとも言える。

「おはよう」会社に着いて隠れるようにリュックを下ろした。

「おはようございます」部下の男が制汗シートで首元の汗を拭きながら、私の足元のリュックを覗き込んだ。「あれ、部長も自転車にしたんですか」

「ああ……。朝から汗だくだよ。それ、俺にも一枚くれないか」

会社のフロアはがらんとしていた。数年前はこの部署も百人近く社員がいた。しかし今は数人だけだ。うちのような名のある商社ですらこのような状態なのだから、慢性的な世界経済の不況は危機的な状況を迎えているといえる。

「今日も耳鳴りがひどいなあ」

「ええ。僕もです」

ある時から誰もが当たり前のように〝耳鳴り〟の話題を口にするようになった。どこからともなく聞こえるキーンと鼓膜に張り付くような甲高い音。皆がこれを〝耳鳴り〟と呼んでいたが、本当にただの耳鳴りなのかどうかは、分かっていない。世界中でこの正体不明の音の研究が行われているが、未だに解明に至っていない。現時点で分かっていることは、決して止むことのないこの不快な音に地球上の全ての生き物が悩まされ続けているという事実だけだ。

自分のデスクに座ってパソコンを立ち上げる。インターネットのトップニュースは、いつものように世界規模の経済破綻にまつわるニュースが並んでいた。先進国の外相が緊急会談、クーデター、日本の失業率が七割を突破、ヨーロッパで反政府デモ、各国で暴徒化した国民が食料を略奪。毎日更新されているはずのニュースが昨日のコピー・アンド・ペーストのように感じられてしまうほど、物騒なニュースにすっかり麻痺してしまっている。

〝日照時間の異変がさらに加速〟

見出しをクリックしてみると、「一カ月前よりも約三十五分、日照時間が長くなっている」という気象庁の発表だった。日照時間はここ数年、伸び続けていたが、三十五分というのは過去の推移から見ても急激な数字だ。

「やっぱり。またさらに日が長くなってる」

「もう日が長くなるとかいう次元じゃないですけどね」

昔は二十四時間で一日が巡り、日照時間は季節によって長くなったり短くなったりするものだった。しかし、ある時から、そのサイクルが完全に崩れてしまった。今は日が昇ってから約二十四時間後に日が沈んで夜が訪れ、そのまた約二十四時間後にまた朝が来るという、約二日の周期で朝と夜が一周している。そのサイクルは長くなるばかりで、短くなることはない。

「今日って、何日だっけ」

「さあ。もう一日という感覚が崩壊していますからね。えーっと、二十五日の金曜日、みたいですね」

部下の男がデスクの隅に置かれていたデジタル時計を見て答えた。どんなに人間が日付や時間の感覚を失っても、機械だけは正確に時を刻んでいた。

「ってことは、今日は給料日か」

「そうですね。昼飯、久しぶりに生野菜でも食べましょうか」

「そうだな。すこし奮発するか」

日照時間の異変によって、世界中で植物が枯れ始めた。当然、農作物も例外ではなく、地球規模の食糧難は深刻化の一途をたどっている。今、世界で一番の高級食材は新鮮な野菜である。地球上の生き物の生態系は完全に崩れ、動物も多くの種が絶滅してしまった。

「それにしても、今日は特に耳鳴りがひどいな」

「そうですか？　いつもと同じじゃないですか」

「いや、今日はきついよ。まるで脳みそが耳鳴りに共鳴して細かく振動してる感じがする。乗り物酔いしたみたいで、今にも吐きそうだよ」

「慣れないい自転車に乗ったせいじゃないですか?」部下の男が笑った。「ダメですよ。こんな時代でも、人間、すこしくらいは運動しないと」

運動をすればカロリーを消費する。カロリーを消費すれば何かを食べてその分を補わなければならない。しかし、その食べ物が手に入りにくい。無駄な運動をしないことは、世界中の人たちのスタンダードなライフ・スタイルになりつつあった。

「ああ、そうかもな。腿がぱんぱんに張って痛い。帰りも自転車に乗るんだと思ったら、今から気分が重いよ。よし……」

ノートパソコンを閉じて立ち上がると、立ちくらみがして、視界が一瞬ブラック・アウトした。しばらくその場にうずくまる。ようやく収まって、立ち上がろうとするのだが、今度は腿と膝が筋肉痛で、またよろけて壁に手を突いた。腕時計が九時半を指していた。

「そろそろ会議を始めないとな……」

「……はい」

フロアにいた社員たちが気怠そうにミーティングルームへ入って行った。

会議は一向に前向きな意見が出ないまま昼になり、いつものように尻窄みで終わった。それもそのはず。食料品の輸入を手がけているこの部署に、未来に対する明るい展望などは無いのだ。会議とは名ばかりのただの自虐的な雑談だった。

「さあ、部長。昼飯でも食べに行きましょう。駅前に新鮮生野菜を扱うサラダ専門店が出来たんですよ」

「そうか……」

「部長、大丈夫ですか？　かなり顔色悪いですよ」

「ちょっと、耳鳴りがな……」

「ですよね……。実は僕も。気分が悪くなってきています」

その会話を聞いていた社員たちが口々に、私も、私も、と声を上げた。皆が一様に耳鳴りによる不調を訴えている。中には、会議中にトイレへ駆け込んだきり、出て来ない者もいた。

「どうだろう、今日はもう解散ということにしないか。今の我々に特別急ぎの仕事がある訳じゃない……」

「そうですね。もしかしたらこの部屋に、何かしらのウィルスが蔓延しているのかもしれませんしね」

一人の賛同した社員が何気なく口にした〝ウィルス〟という不吉な単語が、皆の顔色を一層曇らせた。

「そうですね……」

「それが良いと思います……」

「もう、帰りましょう……」

全員の意見が纏まるのに、時間は掛からなかった。

「部長、お気をつけて」

「ああ。君たちも気をつけて」

自転車に跨がって部下たちに手を振った。ペダルを漕ぐ脚に力が入らない。歩道を歩く若者に追い抜かれながらも、必死に漕ぎ続けた。キイキイ。朝にオイルを差したはずのチェーンがもう悲鳴を上げている。うるさい。ただでさえ今日はやけに耳鳴りがうるさいというのに。

――キイイイイイイイイイ！

「うわあああああああ！」

突然、耳の中をジェット機が通り抜けたような轟音がした。咄嗟にブレーキを握りしめると、自転車がキーッと奇声を張り上げた。

「何だ……。今のは」

辺りを見渡すと、歩行者も自転車に乗っていた者も皆がその場で耳を抑えてうずくまっている。

「あっ……止まった」

長い間悩まされ続けていた耳鳴りが、消えている。どういうことだ。

久しぶりに聞く耳鳴りのない純粋な街の喧噪に耳を澄ました。懐かしい音だ。深呼吸をして再び走り出した。清々しい鼓膜にキイキイとチェーンの悲鳴が響く。もしも油が完全に切れてしまったら、このペダルは〝回らなくなる〟のだろうか。


その頃、世界中に臨時ニュースが流れていた。

「本日、地球上から原油が完全に枯渇しました。同時に地球の自転が完全に停止したとのことです。このため、現在日照のある地域は日照りで砂漠化が進み、日照のない地域は暗闇に包まれ未知の疫病が蔓延するものと見られます。繰り返します。パニックにならず、冷静な行動を取ってください」

臨時ニュースはさらに続く。

「これに合わせ、世界保健機関は世界中に蔓延していた〝耳鳴り〟の完全な終息を発表しました。一説によりますと、あの音は、目に見えない〝地軸〟と〝地球〟が擦れる際に発生していた音だったのではないかとのことで……」

花見

「ふぉ〜っ！　まず〜、乾杯しちゃう感じですかぁ〜」

　満開の桜の下で花見という名の合コンが始まった。

「ふぉ〜っ。待ってました。いっちゃいましょ、ケントさん！」

　ケントさんと呼ばれる幹事役の男が、指先で前髪をいじりながら、缶ビールを持ち上げると、周りの男性陣が同調した。

　良く晴れた週末。花見の名所であるこの公園は、今年も隙間無くレジャーシートが敷き詰められ、足の踏み場もない。

「もりあがって、まいりまっしょー、かんぱーい！」

「かんぱーい！」

　ケントさんの掛け声に続いて、十人ほどの大学生の男女が缶を高々と持ち上げた。それぞれに一口飲んだ後、「やべえ」「うまい」「マジ最高」「来た。がつん来た」と、抑揚のないイントネーションで思い思いの感動の言葉を述べた。

「いえい。おれ、ユウタ。君、名前なんてゆうの？」

サングラスを額に掛けたユウタと名乗る男が隣の女に声を掛けた。

「あたし、まり。みんなには、まりっぺって呼ばれてる」

「えー、まりっぺって、何かダサくない？　じゃあさ。じゃあさ。おれだけ、マリーって呼んでいい？　いや、君、顔がハーフっぽいからさぁ、逆に、英語っぽくさぁ、メアリー、いや、メァアァァリー、って呼んでいい？」

ユウタが低いダンディな声色でネイティブの外国人風に発音した。

「うけるー。ハーフっぽいって、カラコンのせいじゃない？」

「冷たいなあ、メァアァァリー」

ユウタが再びダンディな声を出して馴れ馴れしくメアリーの肩に腕を回した。

「やめて。きゃー、アキ、助けて。この人、チョー馴れ馴れしいんですけどー」

ユウタの腕を払い除けて、近くに座っていた女友達に抱きついた。

「ちょっとぉ、私の大事な、メァアァァリィイーに何すんのぉ？」

アキはユウタを真似たダンディな声で言った。

「何、アキまでー。まじうけるー」

三人が手を叩いて笑っている。

「ねえ、ねえ。メアリーはさあ、彼氏とかいる感じ？」

「う～ん……」

メアリーは物憂げにつぶやいた。

「いるけど、微妙なんだよねえ」

「微妙って、どぉゆぅ状況？」

ユウタの目が輝きを増した。獲物をロックオンした。

「なんかぁ、浮気されてるっぽいんだよねー」

「まじー？　チョー最悪じゃん。メアリー、男見る目ないんだねー」

「チョー失礼なんですけどー」

メアリーが目を細めてユウタを睨んだ。

「ぜったい俺の方がいいって。こう見えて、おれ、付き合ったらチョー一途。いや、マジで。マジで」

言ってるそばからユウタがにやけている。

「ぜったい嘘でしょ。あんたみたいなのが、ソッコー浮気するタイプでしょ」

「あー、やっぱメアリー、オトコ見る目ないなぁー。いや、昔はね、ちょいちょいやらかしちゃったこともあったよ。でも俺、もう大人だから。浮気とか、ない、ない、ない。ないわー。マジで」

そこまで言うと、ユウタがメアリーの耳に顔を寄せた。

「……昔遊びまくったおかげで、おれ、セックス上手くなったよー。彼氏より俺の方が上手いって、マジで」

「はーい、皆サーン。ちゅーもーく！」

仕切り屋のケントさんが声を張り上げた。

「じゃあ、さっそく、バーベキュー、いや、ビィー、ビィイー、キュゥウー、始めちゃっていい感じですかぁ～？　ふぉ～っ」

BとBとQのアルファベットを腕と体を使って形態模写した。男性陣からイエーイの大合唱が起こった。

「えっ？　ここって火ぃ使っていいの？」

ケントさんの横に座っていた女の子が驚いた顔をしている。周りを見ても火を焚いている花見客などいない。

「あー。ユー、マジメっ子ちゃんだなぁ～？　もう、可愛いんだからぁ」

ケントさんがマジメっ子ちゃんの頭を撫でた。

「ミーに任せて。っていうかさ、ビィー、ビィイー、キュゥウー、やんなきゃ花見じゃないっしょ。ふぉ～っ！」

「いえ～い！　ビー、ビー、キュー！　ビー、ビー、キュー！」

男性陣からビービーキューコールが沸き起こる。

「大丈夫、だいじょーぶ。やったもん勝ちっしょ」

「何か言われたら止めればいいじゃん」

「そう、そう。先のことなんて誰にも分からない。だから、今を楽しむだけ。これが俺たちの、ス・タ・イ・ル」

男性陣が、まあ、まあ、まあ、まあ、と繰り返しつぶやきながら、浮かない様子の女子たちをなだめていく。雑に石を積み上げ、焼き網をセットし、固形燃料に火を点けた。

三月の東京は陽射しがあってもまだまだ寒い。網の上でソーセージや肉がぱちぱちと音を立て始めると、最初は乗り気でなかった女子たちも自然と火の周りに集まり始めた。皆、内心では暖を求めていたのだ。

「あったかぁ〜い」

いちばん難色を示していたマジメっ子ちゃんも、すぐに周りの雰囲気に流された。火の前にしゃがみ込んで冷たい手をかざすと、その拍子にセーターとジーンズの隙間からTバックのパンツが見えた。

「わーお。マジメっ子ちゃん、パンツ、勝負系な感じですかぁ〜？」

「きゃっ」

マジメっ子ちゃんが慌てて背中に手を当てた。

「おい、やめろ！　お前ら、見るな！」

離れた場所からヒーローの口調でマッチョ系の男が駆けつけた。着ていたジャケットを颯爽と脱いで、マジメっ子ちゃんの背中に掛けた。

「お嬢さん、大丈夫ですか。寒くないですか」

「……ありがとう」

「いえ、どういたしまして。よかったら、これもどうぞ。これも、これも……」

マッチョはどんどん服を脱いでマジメっ子ちゃんに掛けて行く。

「えっ、やだ、なに、なに」

あっという間にマッチョは裸になってしまった。男性陣が大爆笑している。いつものチームプレーなのだろう。

「お嬢さん、温かくなりましたか？　気にしないで下さい、僕は全然寒くないですから」

マッチョ男はピチピチのブリーフ姿で、マジメっ子ちゃんの顔の目の前に股間を押し付けるように仁王立ちをしている。

「やめてーっ」

マジメっ子ちゃんは笑いながら顔を両手で覆っている。


「あいつら、死ねばいいのに」

「ホント。マジで最悪。場所移る？　煙、ずっとこっちきてるし」

「でも、今から動いても、もう座れる場所ないよ、たぶん」

騒がしい花見合コンの隣で、別の大学生の男女五人組がぼそぼそと話している。合コンチームとは対照的にかなり地味な佇まいだ。

「人間のクズだね」

「絶対、将来とか考えてないでしょ」

「バカ丸出し。一生、社会の底辺で、パリピしてろって感じ」

五人がナイフのように冷たく尖った眼差しで睨みつけるその先には、裸のマッチョを先頭に大声でチューチュートレインを歌いながら、くるくると腕を回して踊っている男たちの姿があった。

「ごほっ。ごほっ。ああ、目ぇ痛え。非常識すぎるだろ」

「じゃあ、注意してくれば」

「やだよ。あんな奴らと関わりたくねえし」

「どうせ言っても無駄だろ」

「そうね、我慢しようよ」

「ああ、何かつまんねえなあ」

「つまんねえとか言うなよ」

「まあ、まあ」

「別に今までだって人生そんな楽しいことなんかなかったでしょ」

「人生とか言うなよ」

「まあ、まあ。今さらつまんないからって何だって話じゃない」

「そうそう。人生、思ってるほど楽しいことなんて起きない。夢を見るだけ時間の無駄だって」

「出ました。サトリ世代」

「悟ってなんかないよ」

「そんな冷めたことばっか言ってさ、お前、本当は何がやりたいんだよ？」

「何もない」

「でも、たしかに、人って何か楽しいこと期待するから、がっかりするのよね。何も期待しなければ失望することもないものね」

「そうそう」「そうよ」「だね」「だな」「だろ？」

五人は互いの価値観と連帯感を確認するようにうんと頷いた。


「ジャーンプ！　キャッチ！　やった！」

「おにいちゃん、ずるい！」

「こら、健太！　やめなさい！　お隣のお兄さんたちにぶつかったでしょ！　ちゃんと謝って！」

地味な大学生の五人組の隣では、若い夫婦と兄妹の四人家族が花見をしていた。

「ごめんなさい」

幼い男の子が不服そうな顔で謝った。大学生の男が、いいえ気にしないで下さい、と無表情で首を振った。男の子はまたすぐに全力で暴れ出した。

「へへっ、ジャーンプ！　くうちゅうキャッチ！」

「わたしも、わたしも！　くうちゅうでとりたい！」

幼い兄妹が落ちてくる桜の花弁を空中で取る遊びをしているようだ。

「座りなさい！　ほら、お皿がひっくり返っちゃうでしょ」

「こら、ふたりとも！」

父親に抱えられて兄妹がしぶしぶ座り込んだ。

「なあ、あの火を使ってバカ騒ぎしてる連中、どうなってるんだよ。常識ってもんがないよなあ、最近の若いもんには」

父親が指さした先では、羽交い締めにしたマッチョの裸の体に熱々の肉をくっつけて、ぎゃーぎゃー騒いでいる。

「どうなってるって言われても困るわ。でも、私たちが若かった頃も羽目をはずすことくらいあったじゃない？」

「あそこまでバカじゃなかったよ」

「そうかしら？　〝最近の若いもんは〟っていう言葉、大昔から老人が若者に言っていたらしいわよ。それだけあなたも歳をとったってことじゃない？」

「歳って……」

父親がぐいっと発泡酒を飲み干した。

「せめてこの子たちには、ちゃんとした大人になって欲しいよなあ」

「ちゃんとした大人って？」

「俺みたいな大人だよ」

「あなたが、ちゃんとしてる？」

母親がくすくすと笑った。

「ちゃんとした大人だろう。おい、健太。お前、大きくなったら何になりたいんだっけ？」

「えーっとねえ、おとうさんみたいな、こうむいん。しゅうにゅうがあんていしてるから」

息子がへらへらと答えた。

「やだ。そんなの、いつの間に仕込んだの？」

母親が眉間にしわを寄せて困ったように笑った。

「わたしも、こうむいんになる〜」

兄を真似て妹が叫んだ。

「ええっ？　二人とも公務員？　やだもう」

「ははは。なあ？　どうだ。しっかりした人生設計だろう？」

「ぜんぜん子供らしくないわ」

「いいんだよ。子供だからって夢なんか見なくても。サッカー選手やミュージシャン、人気ユーチューバーみたいな仕事に就けるのは、ほんの一握りの人間だけだ。もし仮にプロになれたとしても、それから先がまた大変だ。この子たちにそんな冒険はして欲しくないよ。いいぞ、公務員は。何てったって〝安定収入〟だからなあ」

「あん、てい、しゅう、にゅう！」

子供たちが声を揃えて叫んで、笑っている。

「今の子供たちに〝将来なりたい職業〟のアンケートを取ると、上位に公務員が入っているらしいわよね」

「ああ。おれは子供たちの憧れの職業に就いた、勝ち組の人間さ」

父親が機嫌良く発泡酒の缶をぷしゅっと開けた。


——その頃、遠く離れた場所で一組の夫婦が花見に出掛けようとしていた。

「どうだ。もう出られるかい」

「はい、はい。もう準備が出来ますよ」

妻が鏡の前で身支度を整えながら言った。銀色の肌に、顔の大半を占めるアーモンド型の黒い大きな目。華奢な体軀には不釣り合いの大きな頭には一本も毛が生えていない。

「今年は咲いているかねえ」

「さあ。去年はあまり咲いていませんでしたからね。はい、お待たせしました。行きましょう」

夫婦は庭に停めてあった自家用の小型円盤に乗り込んだ。円盤は物音ひとつ立てずに飛び上がると、次の瞬間、消えた。数秒後、機体は太陽系の青い星の上空を漂っていた。

「場所はここで合っているか？」

「ええ。そのようですよ」

妻がナビゲーションシステムを確認した。

「何ということだ。去年よりもさらに咲いていないじゃないか」

「そうみたいですね……」

夫婦は言葉を失った。

――コンコン。

円盤のハッチをノックする音がした。

「こんにちはー。お二人さんの、その綺麗な大きな目と銀色の肌。〝ハナミ〟でいらしたんですよね？　お弁当とお飲物、いかがっすか？」

　声の主は、赤い肌でタコのような容姿をしている。夫婦とは違う惑星の生命体だろう。

「ああ、そうだ。〝ハナミ〟に来たのだが、今年はやけに〝ハナ〟が少ないような……」

「まあ、せっかくいらしたんですから、おひとつどうですか」タコの青年が、持っていた弁当と飲み物を見せた。「私はあなた方のように他の生命体の〝希望〟や〝夢〟が発光して見える特殊な目のつくりをしていないので、あなた方が〝ハナ〟と呼んでいる光の粒が今年は少ないのかどうかもよく分かりませんが、噂によると、今年は極東に位置する縦長の島国の辺りが特に咲いていないのだそうで」

「そうね、残念だわ」妻がスコープをのぞきながらつぶやいた。「この辺りがいちばんの〝ハナミ〟スポットでしたのに。これではもう来年は来ることはなさそうね……」

「まあ、まあ。そう言わずに。あなた方のような〝先進惑星〟の皆さんに〝ハナミ〟に来て頂かなくては、ワレワレのような〝発展途上惑星〟の者は困るんですよ。観光客相手のこんなちまちました商売がワレワレの唯一の外貨獲得手段なんですから」

「だが、こうも〝ハナ〟が咲いていないのではなあ……」

　夫が周りを見渡した。わずかに数隻の円盤が浮かんでいるだけだ。ここに無数の円盤が浮かんでいた頃が懐かしい。

「でも、あの星よりはマシでしょう？」青年が真っ黒い小さな惑星を指さした。「お恥ずかしい話ですが、あれ、ワレワレの星なんです。人口はもはやパンク寸前。貧困、飢餓、暴動、水質や大気の環境汚染もひどいもんです。野蛮な荒くれ者ばかりの、夢も希望もない星ですよ」

たしかに夫婦がどんなに目を凝らしても、その星には一輪の〃ハナ〃も見当たらない。

「そうか、君はあの星から来たのか……。同情という訳ではないが、何かひとつ飲み物でももらおうかな」

「まいどー！」

青年の顔に笑みが戻った。

「思えば、私たちの初デートも〃ハナミ〃だったなあ」

「ええ、そうですね」

夫婦が目を閉じて、想い出にひたっている。

「あの美しい青い星は文明のレベルこそ低いものの、毎年〃ハル〃という季節が訪れる頃に地表で無数に煌めく光の美しさときたらなかった。いったいあの星の〃コウコウセイ〃や〃ダイガクセイ〃や〃シンニュウシャイン〃たちは、どこへ消えてしまったのか……」

「おや。君、どうしたんだ？」

青年の体がわずかに発光していることに夫が気づいた。

「あらまあ、光ってるじゃない！」

妻も感嘆の声を上げた。

「え、そうですか？　へへへ」

青年が照れくさそうに頭を掻いた。そうしている間にも発光はどんどん激しさを増していく。

「何ということだ！　君、素晴らしいぞ！」

「きゃあ、眩しい！」

夫婦はもはや目も開けていられない。

「君は今、さぞかし大きな夢を見つけたのだろう。もしよかったら、その夢を聞かせてもらえないかね！」

夫がうれしそうに訊ねた。

「へへへ。いやあ、あなた方と話していたら、ワレワレの星にも希望を見出したんですよ」

「そうか。そうか。それは良かった。聞かせてくれないか。ぜひとも、その夢を！」

青年の発光がキラキラと激しさを増した。

「ひひひ。あの落ち目の〝チキュウ〟って星を侵略してやろうと思いまして」

新桃太郎

「最近、桃太郎って流行ってんの?」

「は?」

夜十時。彼氏が遅くに帰宅して、ニュース番組を見ながら彼女の作った夕食を温め直して食べていた。

「なんかさあ、コーラのCMもケータイのCMも桃太郎じゃん」

「だからって、別に流行ってるとかじゃないでしょ」

同棲を始めて五年が経つ。気づけばもうすぐ彼女も三十歳。このまま結婚するのかもしれないとも思うが、それは裏を返せばまだ結婚に踏み切れない、あるいは踏み切りたくない不満が山積しているということでもある。だが、付き合いが長くなるにつれて喧嘩をするのも面倒になって来たのも事実だ。今日までどうにか我慢出来たのだから、明日もどうにかなる。面倒なことはすべて先延ばしにすればいい。そんな発想が二人の生活をどんどんだらしないものにしていた。彼氏は日増しに腹が出て、彼女の方は日増しにがさつさが出てきた。

「ちょっと前も、何かのお菓子のCMでアイドルグループが桃太郎の格好してたよね」

「そう？　いい歳してそんなお菓子のCMなんか気にしてんの、あんたくらいじゃない？　だから太るのよ」

彼女がスマホをいじりながら珈琲を一口すすり、彼氏のだらしない腹を足先で突いた。

「これは、何かあるな。偶然だけじゃありえない。おそらく、日本人の深層心理が桃太郎の何かにシンクロしているんだよ。そうじゃなけりゃ、桃太郎なんてずっと昔からあったのに、このタイミングでこんなにカブるわけない」

「はいはい。また始まった」

彼氏には空想癖がある。先日財布を落とした時も、過去の神隠し事件の事例から、NASAの国家機密の話になって、ブラックホールの原理の話になって、カバンの中に時空の歪みが出来たから財布が消えたのだと言い出した。後日、財布が交番に届けられたので、それはどう説明するのかと思ったら、彼は「宇宙人が届けた」と真顔で言ってのけた。だから拾い主が名乗らなかった、と。

「んー、あれかな、ブラック企業の暗示かな。きびだんご一つで命を懸けてもらうなんて、かなりヤバいじゃん。俺だったら絶対嫌だもん」

「何言ってんの。あんた、甘いものには目がないくせに」

彼氏が「へへへ」と笑って茶碗を彼女に差し出しておかわりを要求した。

「食べ過ぎでしょ」

付き合い始めた頃は、まさかこんなにぶくぶく太るとは思っていなかった。自分の料理を美味しそうに食べてくれるのは嬉しいが、最近は体型のせいか服装も無頓着になって、一緒に歩くのが恥ずかしくなってきた。

「今日のご飯も美味しいなあ」

「不味く作ればよかったわ」

彼女が山盛りのご飯を手渡し、またスマホをいじり出した。

「ねえねえ。スマホじゃなくてさ、一緒にテレビのニュース見ようよ」

「残念でした。いまスマホでニュース見てるんですけど」

「でもネットとかアプリだとさ、自分が気になるニュースしか見ないじゃん。大事なニュースって、自分の興味とかは関係なくて、押し付けられてでも知っとかないとダメじゃん」

「はいはい」

子供っぽいオカルト趣味のくせして、時々大人ぶって人に指図をする。彼女は忠告を無視してスマホを見続けた。

CMが終わり、画面に映し出されたニュースキャスターが深刻な顔で喋り始めた。またどこかで残忍な手口の殺人事件が起こったのだという。

「こんな気色悪いニュース、寝る前にわざわざ見るほうが頭おかしいわよ」

「こういうニュースを見て、世の中って怖いなって気を引き締めるわけ。いいかい、現代の鬼は人間の姿をして、その辺に潜んでいるんだ。そんな、〝芸能人が誰と結婚した〟とか、どうでもいい記事を読んでる場合じゃないんだよ」

「あんた、何覗き見してんのよ」

「へえー、結婚に、興味、あるんだあ？　くちゃ、くちゃ」

彼氏が音を立てて咀嚼しながら、ニヤニヤと彼女の顔を覗き込んだ。

「馬鹿じゃないの……」

こういうデリカシーのないところが嫌いだ。誰のせいで結婚が遠のいていると思って……。文句が出かかるが、それを飲み込むのも慣れたものだ。

「……桃太郎ってさ、どうして桃なのかしらね」

「あ、話逸らした」

「別に……、逸らしてないわよ。だって、よく考えてみたらさ、みかんでもいちごでも、何でもいいわけでしょ？　桃である必要が全然なくない？」

「得意のウィキペディアで調べたら？」

いちいち癇に障る言い方をしてくる。持っていたスマホをソファに叩きつけた。

「はあ？　もういい。もう絶対あんたの前で携帯いじらない」

「やったー。じゃあ、会話が増えるねえ。ふふふ」

首を傾げて微笑む彼氏を、じっと彼女が睨み返した。彼氏のこういう可愛らしい仕草が、昔ならチャームポイントに思えていたはずだが、いつからだろう。今はただシンプルにむかつく。

「いちご太郎じゃあ、なんか弱そうだからじゃん？」

「何言ってんの。桃太郎も弱そうでしょ。甘栗太郎の方がまだ強そうよ」

彼女がテーブルに置いてあった甘栗の袋に手を伸ばした。甘栗は彼氏の好物で常備してある。

「甘栗から生まれた甘栗太郎って、何か強そう。あの熱い鍋で焼かれても生き残って生まれてくるって、超タフじゃん。ん。あ、たまに食べると甘栗って美味しい」

彼女が甘栗にもう一度手を伸ばした。

——がちゃん！

「熱っ！」

肘が珈琲カップに当って倒れた。

「わっ！　だめ！　ヤバい！」

彼女が咄嗟に立ち上がって、ティッシュの山をテーブルの下に投げつけた。テーブルの上に出来た珈琲の川は途中で滝へと変わり、床に敷いてあった白いラグマットを珈琲色に染めていた。

「あらら」

「ヤバい、ヤバい。あたし、このラグ、超気に入ってたのに。ちょっと、手伝ってよ！」

彼女がティッシュで力任せにラグマットを叩いている。

「あ、見て、甘栗がどんぶらこー。ははは」

彼氏が呑気にテーブルの上を指差した。偶然、甘栗が珈琲の川を流れていく格好になっている。

「馬鹿じゃないの！　ああ、これ高かったのに。染みになっちゃう！」

「もしかしたら、その染みが宝の地図になってたりして」

また彼氏がくだらないことを言う。普段からまったく家事をしない彼氏は、こういう時でさえ手伝うという発想がまったくない。

「ふう。ごちそうさま。さて、いただきまーす。甘栗太郎」

彼氏がデザート代わりに川の中から甘栗をつまみ上げ、前歯で皮をふたつに割った。もちろん何も生まれず、茶色い脳みそのような形の普通の甘栗が出てきた。

「うまーい。うん、安定のうまさだね」

彼女のやけどの心配も、ふたりで買ったラグマットの心配もしない。もうこれ以上、こんなデリカシーがなくて子供っぽいオカルト趣味のデブと一緒にいるなんて考えられない。

「いい加減にして！　もう、あんたとなんか……」

「あっ！　分かった。桃太郎じゃなくて、鬼のほうだ！」

「……はあ？」

彼氏は真剣な顔をしている。彼女の決心の言葉が聞こえた様子はまったくない。

「桃太郎じゃなくてさ、鬼の方が日本の未来を暗示してるんだよ。川を大きな桃が流れて来たってことは、上流にそれがなる木があったってことだろう？　っていうことは、鬼たちは普段から川を見張っていたはずさ。もし下流まで桃が流れ着いてしまったら、桃太郎が生まれて自分たちは滅ぼされてしまうからね」

「はあ……？」

「鬼たちは、何十年も、何百年も、川から桃を拾っては捨て、拾っては捨てて、しのいでいたんだ。もちろん、桃の木を伐採しなければ、問題の根本的な解決にはならないことは分かってた。でも、それは鬼たちにもなかなか出来ない複雑な事情があったんだろう。そしてある日、ついに起こるべくして事故は起きた。ひとりの鬼が桃を拾い損ねたのさ。かくして桃太郎は生まれ、鬼たちは全滅した」

「……そのどこが日本の未来の暗示なのよ？」

「これだよ」

彼氏がテレビを指さした。画面には、原子力発電所から大量の放射性物質が海に流出していたことを伝えるニュースが映し出されていた。青い顔をしている彼氏を尻目に、〝問題の根本的な解決〟としてこんな男とは別れようと、彼女は心に決めた。

誘拐

それは突然の出来事だった。

真夜中、私と妻はいつものようにベッドで眠っていた。

――ドーン。

静寂を切り裂いて轟音が鳴り響き、寝室の扉が崩れ落ちた。何だ！　何が起きたのだ！

暗闇に目を凝らすと、ヘルメットとゴーグルとマスクで厳重に顔を覆った屈強な男が立っているのが見えた。男は私の身体を額に付けたライトで全身を舐め回すように照らした後、軽々と持ち上げ、思い切り床に叩きつけた。背中のあたりで鈍い音がした。体が動かない。

この寝室には、我が家の最も高価な宝石や骨董品の類が大量に仕舞ってある。綺麗に整理された部屋がみるみるうちに荒らされていく。一通り部屋を物色した後、男は手際よく金目の物を外へ運び出し始めた。

――やめろ！

叫ぼうにも声は出ない。そして、あろうことか、私の一番の宝物である妻までをも連れ去ってしまった。

——妻が誘拐された……。

静まり返った室内。無力感が胸を締め付ける。ああ、妻よ、私たちは永遠に一緒だと約束したじゃないか。どこへ行ってしまったのだ。呆然と天井を見つめてつぶやいた。

——なぜだ……。

なぜ強盗はこの部屋が分かったのだ。広大な敷地の中に建てられたこの建物には、私自身も数を把握し切れないほどの部屋があり、廊下は迷路のように複雑に入り組んでいる。部外者がこの寝室に辿り着くのは容易ではない。

——犯人はこの家のことをよく知っている者に違いない。

私は裕福な家庭に生まれた。幼い頃に両親を亡くしたが、残された財産のおかげで、何不自由なく暮らすことが出来た。いま思えばすべてが人とは違う生活だった。外出するときは常にボディガードが付いていていたし、世界中に家や別荘があって、どの家でも女中たちが母親の代わりになって、あらゆる身の回りの世話をしてくれた。

私はそんな女中たちを心から信頼していた。彼女たちは時に友人であり、時に先生であり、大切な家族だった。

成人して間もないある日、私は一人の女性に恋をした。

その女性は、知人に招かれたパーティーで踊り子をしていた。一目で運命の相手だと分かった。私の部屋に飾られた母の肖像画と瓜二つだったのだ。

私は恋というものをしたことがなかったので、この気持ちをどうやって彼女に伝えたらいいか分からなかった。

彼女は貧しい家で育ち、病弱な両親を踊り子の稼ぎで養っていた。私はことあるごとに彼女を呼び出し、高価な贈り物を渡した。指輪、髪飾り、耳飾り、首飾り、服、靴、会う度に豪勢な食事でもてなし、両親と住める広い家もプレゼントした。私の贈り物で、彼女が美しくなっていくのが嬉しかった。

私たちはお互いに口下手だったせいもあって、高まっていく気持ちとは裏腹に、会うといつも話題に困った。二人きりで部屋にいても、窓から空を見上げながら私が「星が綺麗ですね」と言うと、彼女は「そうですね」とだけ答えて、沈黙してしまう。いつまで経ってもそんな調子で、手をつなぐことも、キスをすることも出来ずにいた。ある日、私は意を決して、晩餐の途中で立ち上がり、彼女の前に跪いて指輪を差し出した。

「私と永遠に一緒にいてください」

彼女は、息が止まりそうなほど驚いた後、笑顔で頷いた。女中たちも涙を流して拍手をしていた。

結婚した後も、私は妻に贈り物を続けた。この寝室に置かれていた財宝は、すべて私かつけられない思い出だったのだ。


ら妻への贈り物だ。強盗にとってはただの高価な宝石に過ぎないかもしれない。しかし、コミュニケーションの苦手な私にとって、そのひとつひとつが大切な会話であり、値段のつけられない思い出だったのだ。

—何とかして妻を取り戻さねば。

これだけ金目のものを奪って行ったのだ。犯人はおそらく身代金を要求して来るに違いない。絶対に犯人を捕まえて、妻を取り戻してみせる。私は男の特徴を思い返した。身長は一八〇センチくらい、がっしりした体型。顔は見えなかった。他に手がかりになるようなことは……。

—ハニー。会いたかったぜ。

ふと奇妙な言葉が頭をよぎった。

—そういえば……。

犯人は私を床に叩きつけた後、妻をやさしく抱きかかえ、耳元で「ハニー。会いたかったぜ」とつぶやいたのだ。マスクのせいで聞き取りにくかったが、確かにそう言っていた。思えば妻も抵抗せず、黙って男に身を委ねていた。

—まさか、こんなことになるとは……。

妻は、結婚したばかりの頃は私と慎ましやかに暮らしていたが、踊り子時代の血が騒ぎ出したのか、次第に毎晩のように派手なパーティーをするようになった。

人付き合いが苦手な私はほとんどパーティーには顔を出さなかった。彼女の交友関係に余計な口を出して、機嫌を損ねるのが怖かったのもある。それどころか、妻の気持ちが離れて行かぬよう、以前にも増して贈り物をした。それ以外の愛情表現が分からなかったのだ。

そのうち、妻の友人だという素性の知れない男たちが家を勝手に出入りするようになった。彼らは皆一様にみすぼらしい格好をしていた。

男たちは妻と一緒に酔って朝方に帰って来て、昼過ぎに目を覚まし、女中に飯を作らせ、豪快にそれを食らい、またどこかへ消えて行く。私に会っても、ろくに挨拶もなかった。時折聞こえて来る会話も幼稚で、言葉遣いも汚なかった。

一度、思い切って妻に「彼らと話が合うのですか?」と尋ねたことがある。「合いますとも。彼らは私の幼馴染です。ああ見えて根は純粋で、心やさしい人たちですのよ。彼らもまた幼い頃に親を亡くして、家族の温もりに飢えているのです。私には放っておけませんわ」と言って妻は悲しそうな顔をした。しかし、私には彼らを養う義理はない。「彼らは何の仕事をしているのですか?」と尋ねると、妻は声を荒げて、「私たちの終の住処を建ててくれている労働者たちです! あなたは日頃から私たちに仕えている女中たちのことを家族だと仰っているではありませんか。ならば彼らも、私たちにとって家族同然ではないのですか！」と言って泣き出した。私は呆気にとられて、何も言い返すことが出来なかった。

――妻はあの中の誰かと駆け落ちしたに違いない……。

一度悪い方へと転がり出した見当違いの推理は止まるところを知らない。


「ひゃははは。すっげえお宝だなあ」

盗んだ宝飾品の山に男がざっと両手を差し込んで掬い上げると、指の隙間から色とりどりの宝石がばらばらと零れ落ちた。

「信じられねえ。俺の睨んだ通り、未発掘のピラミッドは実在したってわけだ」

男の足元には沢山の考古学書が転がり、壁には綿密な計算によって導き出された宝の地図が貼られている。

「考古学書によれば、あんたは心優しい人格者で、随分と労働者や市民から愛されていたらしいじゃねえか。旦那にも、さぞかし愛されてたんだろうなあ。この宝の量は尋常じゃねえもんなあ」

男が黄金の仮面と煌びやかな宝飾品を全身に纏った女のミイラを足で小突くと、ぼろっと左腕が落ちた。

「ハニー、会いたかったぜ。ひひひ。悪かったな。旦那と仲良く五千年も寝てたところを起こしちまって」

その薬指には永遠を誓い合った豪奢な指輪がはめられていた。

探し物

「あの、すみません。これのネイビーのSサイズって、ありますか？」

初めて訪れた原宿のセレクトショップで、マネキンを指して店員に訊ねた。胸元に複雑な幾何学模様が編み込まれた白いニット。色は違うが、私が探していた服だ。

「お調べします。少々お待ちください」

モデルのようにスタイルのいい女性店員が店の奥へ消えて行った。

上品で大人っぽいアイテムばかりを扱う落ち着いた店内。音楽のボリュームも静かめで、咳払いひとつするのにも緊張する。鏡に映った安価なファストファッションの服に身を包んだ自分の姿が恥ずかしい。こんな店だと知っていたら、もっといい服を着て来たのに。

昨日、雑誌を見ていて、一目でこのニットが気に入って、インターネットで調べた。通販サイトではいくつかヒットしたが、取り扱っている店がなかなか見つからなかった。決して安い買い物ではないから、出来ることなら試着してから買いたいと思って、夜遅くまで検索して、ようやくこの店で扱っていることを突き止めた。店員が戻って来た。

「お客様。こちらはホワイトのみの展開でして、ホワイトでよろしければこちら、Sサイズのご用意がございますが」

店員が綺麗に畳まれた白のSサイズを差し出した。

「いえ、そんな。私、雑誌で見たんです。ネットにも、ほら。ネイビーが、ほら。これも、ほら」

店員に向かってスマホの画面を見せた。懸命に探していたから、検索履歴のほとんどがこの服だった。

「そうですか」

店員がマネキンのような無表情で言った。

「取り寄せはできますか」

「お調べします」

店員が店の奥へ消えて行った。まるでクレーマーを見るような目つきだった。手持ち無沙汰で、スマホのゲームアプリを立ち上げた。最近は戦国武将を育成するゲームにハマっていて、暇があればそればかりやっている。

「お客様、申し訳ございませんが、やはりホワイトのみの展開のようですので、お取り寄せは出来かねます」

「そうですか……。わかりました」

店を出ると、もう原宿には用事はなくて、さっきまでのワクワクした気分も一気に冷めてしまって途方に暮れた。友達のSNSを立ち上げた。

愛佳は、彼氏とデート中みたい。数分前にラブラブな写真が投稿されている。こんな写真を見ても全然うらやましいと思わなくなった。会社と家を往復するだけの毎日では、いい男に出会う予感もしない。

真菜は、三日前からハワイ旅行に行ってるんだ、へえー。綺麗なビーチの写真に混じって、美味しそうなパンケーキの写真があがっている。〝この店、原宿にもオープンしたんだって〟とコメントがついている。そうなんだ。せっかくだし、食べに行こうかな。地図アプリで検索した。道案内どおりに歩いて、店が見えた瞬間、長い行列が出来ているのが見えて心が折れた。だよね。オープンしたばっかりだもんね。

充希は今、音楽フェスに行っているらしい。ふーん。ネットで出演者のラインナップを調べてみる。解散したはずの高校時代に大好きだったバンドの名前があった。あれっ？もしかして。音楽配信アプリでそのバンドを検索した。懐かしい曲に混じって、今年リリースの新曲もある。やっぱり。再結成してたんだ。いちばん好きだった曲のタイトルに触れた瞬間、イヤホンから懐かしいメロディが鳴り出して、心が女子高生に戻った。初めて付き合った彼氏を思い出して胸がきゅんとした。イヤホンを片方ずつ付けて、一緒によく聴いたなあ。

パンケーキ屋から引き返してぶらぶら歩いている途中、雰囲気のいい小さなカフェを見つけた。評判をネットで調べて見ると、接客が悪いだの、見掛け倒しだの、否定的な書き込みが目立った。そっか、じゃあ、やめとこ。口コミの下に、〝この店を見た人は、ここもチェックしています〟という欄があって、「お一人様女子御用達」と書かれたパクチー料理専門のカフェを見つけた。私はパクチーには目がなくて、ベテランのお一人様女子である。よし、行ってみようかな。


「いらっしゃいませ」

「一人なんですけど」

「カウンター席でよろしいですか」

「はい」

落ち着いた雰囲気のアジアンテイストの店内はゆったりとテーブルが配置されていて居心地が良さそうだ。たしかに、性別にかかわらず一人客が多い。

メニューの中から一番人気と書かれたビーフのフォーとホットのジャスミン茶を頼んだ。イヤホンを耳に入れてあのバンドの曲の続きを再生した。いざ聴き始めたら、どんどん甘酸っぱい思い出がよみがえって来て、あの曲も、この曲も、となって止まらなくなってしまった。何なら、このまま一人でカラオケに行きたい気分だ。

――トントン。

肩を叩かれて、振り返ると、女性店員が顔の前で手を合わせて、申し訳なさそうな顔をしている。イヤホンを片方外すと、シャカシャカと音が漏れた。

「はい？」

大音量で聴いていたせいで、声が大きくなってしまって恥ずかしい。

「お客様、申し訳ありませんが、こちらのお荷物、椅子の下のボックスに入れて頂いてもよろしいですか」

「あ、すみません！」

店員の横に一人の若い男性客が立っていた。隣の椅子の上に置いていた鞄を自分の椅子の下に仕舞った。

「隣、いいですか」

私に頭を下げながら男性が座った。

「ええ、もちろん……あっ！」

びっくりして、男性を指さして叫んでしまった。

「え？　どうかしましたか？　どこかで会ったことありましたっけ？」

「いえ、そのニット！　私も探してて、実は今日、それを買いに来たんです。白しかなくて、諦めたんですけど……」

「そうなの？　ははは。奇遇ですね」

「ネイビーなんかないって言われて」

「ああ、ネイビーはメンズだけじゃなかったかな。レディースはホワイトだけって、僕が買った店の人は言ってた気がするよ」

「そうなんですか？」

道理で見つからないはずだ。最近は女性誌でもモデルがメンズの服を着ていることも多いから、そういうことなのかもしれない。心のもやが少し晴れた気がした。

「その曲、懐かしいね。僕も昔、大好きだった」

テーブルの上の外したイヤホンから音が漏れ続けていた。

「あ、すみません……」

慌ててボリュームを下げた。

「たしかそのバンド、再結成して、今度何かのフェスに出るんじゃなかったかな」

「そう、そのフェス、今日なんですよ！　行きたかったなあ」

自分もさっき知ったばかりなのに、格好つけて言った。

「へえ、今日なんだ。ちょっと見たかったなあ。あ、オーダーいい？」

男は通りかかった店員を呼び止めて、いかにも常連客といった様子でメニューも見ずに数品オーダーした。

「ここ、よく来るんですか？」

「うん。僕、男のくせにスイーツが好きでね。本当はそこのハワイアンのカフェのパンケーキを食べたいんだけど、なかなか入れないでしょ。最近、彼女と別れちゃったから、男一人で並ぶのも恥ずかしいしさ。で、偶然入ったこの店がなんとなく気に入って、通うようになって。美味しいよ、ここのスイーツも」

「じゃあ、私も後で頼んでみます」

「お勧めは、チェーっていうベトナムのスイーツ」と言いながら、男はスマホを取り出した。その瞬間、体に電流が走った。男が私と同じ戦国武将のゲームを始めたのである。

「そのゲーム、私も……！」


それから会話は途切れることなく続いた。好きな音楽、好きな映画、好きな俳優、住んでいた街、通っていた大学、何から何まで話が合うのだ。こんなに偶然が重なることがあるだろうか。

「私、こんなに話しやすい男性に出会ったのは初めてです」

「僕も。まさか、こんなにも趣味が合うなんてね」

男が腕を組んで、感慨深げに頷いた。

「良かったら連絡先を交換しませんか」

「もちろん。今度、年末のフェスに一緒に行こう」

「はい、ぜひ！」

お互いのスマホを近づけたところで、男が手を引っ込めた。

「ごめん。その前に一つ、言っておきたいことがある」

男が申し訳なさそうに、ポケットから自分の名刺を差し出した。名前の上に長い肩書きが見えた。

「経済産業省恋愛創出委員会？」

「そう。変な職場だろ？　僕、こう見えて国家公務員なんだ」男はおどけて言った。「実は今日、君は僕の作ったプログラム通りにここへ来て、僕と出会うべくして出会ったんだ」

「……プログラム？」

「そう。君は、このページを見て、ここに来なかった？」

男がスマホの画面を見せた。飲食店の口コミサイトが表示されている。

「はい。このホームページのお勧めの欄を見て、ここに」

「これが僕の研究」

「これが……研究？」

意味が分からない。口コミサイトのおすすめ欄の何が国家公務員の研究なのか。

「スマホの中には君のすべてが入ってる。ネットの履歴には、君が好きな物や、気になっていること、行きたい場所、友人、趣味、興味のすべてが刻まれているし、使っているアプリを分析すれば、君の生活サイクルや性格なんかも簡単に分かる。例えば、もう何年も恋人がいなくて、ネイビーのニットを探してて、戦国時代の武将なら伊達政宗が好き、とかね」

「……私のスマホを盗み見しているってことですか？」

「盗み見っていうのは、ちょっと人聞きが悪いなあ。誰か特定の個人のデータを監視している訳じゃないからね。あくまでデータを自動解析しているだけ。今、二十代で恋人がいない人の割合って、知ってる？」

「いいえ」

「女性は65％、男性は70％。つまり、今の若者たちは大半が恋人を作らない。でもね、人がいちばんお金を遣うのは恋愛なんだ。好きな人のためになら、人は案外ためらわずにお金を遣うんだよ」

「たしかに、言われてみれば……」

「だから、若者に恋愛をしてもらわないと、このままじゃあ経済活動も滞ってしまう。そこでスマホのデータを自動解析して、性格や趣味が合う相手と自然に出会うシステムを僕らは開発しているんだ。例えば、今こうしている間にも、たくさんの人が現在位置から近い飲食店を検索している。そこに表示される情報の優先順位、お勧めの店を操作して、性格や趣味が合う人を探して、同じ店に来るように仕向けるんだ。飲食店だけじゃない。イベント、ライブ、ショップ、公共交通機関の乗り換え案内、何でもいい。とにかく、恋人がいないと判断された人が検索する事柄のすべてに、ちょっとした〝善意の〟情報の操作が加わる、ってイメージかな」

「じゃあ、私は実験台にされたの？」

「いや、これは実験なんかじゃない。今日から、日本中でこのプログラムが発動しているからね。きっと何組もの運命のカップルが〝自然に〟誕生しているんじゃないかな。僕と君のように」

男がまっすぐに見つめている。

「この出会いが本物かどうか、追跡調査したいから僕とつきあってもらえませんか」

男が微笑んでいる。変な人だと思った。でも、嘘をついているようにも見えない。運命に導かれるように、私は頷いた。

本書は、２０１５年１月から２０１６年12月まで「ｗｅｂちくま」にて掲載された作品に加筆・修正をし、書き下ろしを加えたものです。

いしわたり淳治（いしわたり・じゅんじ）

1977年生まれ。青森県出身。作詞家・音楽プロデューサー。1997年にロック・バンドSUPERCARのメンバーとしてデビューし、オリジナルアルバム7枚、シングル15枚を発表。そのすべての作詞を担当する。2005年のバンド解散後は作詞家としてSuperfly「愛をこめて花束を」他、SMAP、関ジャニ∞、布袋寅泰、今井美樹、JUJU、Little Glee Monster、少女時代、SHINee、剛力彩芽、chay、手嶌葵、大原櫻子、中島美嘉など、音楽プロデューサーとしてはチャットモンチー、9mm Parabellum Bullet、flumpool、ねごと、NICO Touches the Walls、GLIM SPANKYなどジャンルを問わず数多くのアーティストを手掛ける。現在までに600曲以上の楽曲制作に携わり、数々の映画、ドラマ、アニメの主題歌も制作している。2017年には映画「SING／シング」の日本語歌詞監修を行い、国内外から高い評価を得る。音楽活動のかたわら映画・ファッション・音楽雑誌等で執筆活動も行っている。著書に『うれしい悲鳴をあげてくれ』（筑摩書房）がある。ソニー・ミュージックエンタテインメント REDプロジェクトルーム所属。

次《つぎ》の突《つ》き当《あ》たりをまっすぐ

二〇一七年十一月二十五日　初版第一刷発行

著者　いしわたり淳治
発行者　山野浩一
発行所　株式会社筑摩書房
東京都台東区蔵前二－五－三
郵便番号一一一－八七五五
振替　〇〇一六〇－八－四一二三

印刷・製本　凸版印刷株式会社

筑摩書房サービスセンター
さいたま市北区櫛引町二－六〇四
郵便番号三三一－八五〇七　TEL〇四八－六五一－〇〇五三

ISBN978-4-480-80474-7 C0093
JASRAC 出 1711146-701

〈ちくま文庫〉

うれしい悲鳴をあげてくれ

いしわたり淳治

作詞家、音楽プロデューサーとして活躍する著者の小説&エッセイ集。彼が「言葉」を紡ぐと誰もが楽しめる「物語」が生まれる。

解説　鈴木おさむ

◉筑摩書房の本◉

ぼくはこんな音楽を聴いて育った

大友良英

ドラマ「あまちゃん」の作曲から即興演奏まで国際的に活躍する音楽家が、19歳までに聴いてきた音楽を笑いと涙の半生とともに紹介。帯文＝小泉今日子、宮藤官九郎

捨てられないTシャツ

都築響一編

70人が語る「捨てられないTシャツ」のエピソードには人生の溢れる喜怒哀楽がある。どんなファッション誌よりもリアルでイカす（?）Tシャツカタログ。

森のノート

酒井駒子

日常の暮らしの片隅にそっとたたずむ、密やかな世界を愛する人、集合！　絵本作家・酒井駒子さんの静謐な作品と不思議なエッセイで織りなす初めての画文集。

けだらけ

ミロコマチコ画集

ミロコマチコ

今もっとも注目の画家、絵本作家のはじめての自選画集。圧倒的な世界観と生命力溢れる筆致、色彩で描かれる〝いきもの〟が紙面の上で所狭しと踊り出します！